나는 왜 결정이 두려운가

나는 왜 결정이 두려운가

# 나는 왜 결정이 두려운가

이동귀·손하림·정의정 지음

선택과 불안을 다루는
감각의 심리학

댕스B

# 내 안에는 늘
# 두 가지 마음이 산다

아침에 눈을 뜨자마자 이런 생각이 스친다. '오늘은 좀 달라지고 싶다.' 그런데 거의 동시에 다른 목소리가 끼어든다. '그래도 오늘은 좀 쉬고 싶지 않나.' 이 두 마음이 동시에 떠오르는 순간, 우리는 흔히 자신을 탓한다. 의지가 약해서 그렇다고, 결단력이 없어서 그렇다고 말이다. 왜 이렇게 마음이 하나로 정리되지 않느냐고 스스로를 다그친다.

하지만 정말 그럴까.

심리학을 연구하고 상담실에서 많은 사람을 만나며, 우리는 점점 다른 확신을 갖게 되었다.

**사람은 애초에 하나의 마음으로만 움직이도록 만들어진 존재가 아니다.** 우리는 언제나 최소한 두 개의 마음을 동시에 품고 산다. 나아가고 싶은 마음과 멈추고 싶은 마음, 붙잡고 싶은 마음과 놓고 싶은 마음, 도전하고 싶은 마음과 안전하고 싶은 마음. 이 마음들은 번갈아 나타나는 것이 아니라 **대부분 동시에 존재한다.**

이 책은 바로 그 사실을 인정하는 데서 출발한다. 하고 싶은데 하기 싫은 마음, 결정하고 싶은데 미루는 마음, 사랑하지만 피곤한 마음, 떠나고 싶지만 불안한 마음. 이 모든 감정의 충돌은 이상한 현상도, 결함도 아니다. 심리학에서는 이것을 '양가감정(ambivalence)'이라고 부른다. 그리고 양가감정은 인간이 복잡한 세상에서 살아남기 위해 갖게 된, 아주 정상적인 심리 구조다.

문제는 두 마음이 있다는 사실이 아니다. 그 둘 중 하나를 없애야만 제대로 살 수 있다고 믿는 데 있다. 우리는 흔히 이렇게 생각한다. '이런 마음은 없어야 해.' '왜 이렇게 흔들리지?' 그렇게 자기 자신과 싸우느라 이미 충분히 지친 상태에서 하루를 시작한다.

이 책에서 전하고 싶은 메시지는 여기에 있다.
**두 마음 중 하나를 이겨야 하는 것이 아니라, 두 마음을 이해하고 조율하는 법을 배우는 것이 더 중요하다는 것이다.** 필자의 전작인 『나는 왜 꾸물거릴까』가 행동의 문 앞에서 멈춰 선 이유를 다뤘다면, 이 책은 그보다 한 걸음 앞선 자리에서 출발한다. 우리를 망설이게 만드는 마음의 충돌 자체를 들여다본다. 왜 기대가 커질수록 불안해지는지, 왜 선택지가 많아질수록 후회가 늘어나는지, 왜 관계가 가까워질수록 피로해지는지. 이 책은 이런 질문들에 대해, 정답을 단정하기보다는 이해의 언어로 차분히 풀어갈 것이다. 각 장은 거창한 이론 설명으로 시작하지 않는다. '이런 마음, 나도 있는데?' 여러분의 일상에서 충분히 떠올릴 수 있는 장면에서 출발한다. 그리고 심리학이 그 마음을 어떻게 설명해 왔는지를 살짝 비추고, 지금 이 순간에 바로 활용할 수 있는 작은 실천으로 이어진다.

이 책은 마음의 갈등을 없애는 책이 아니라 갈등을 다루는 감각을 기르는 책이다.

1장 '흔들림의 본질'에서는 우리가 왜 늘 선택 앞에서 흔들리는지를 다룬다. 마음이 둘로 갈라지는 건 문제가 아니며 인간에게 기본값으로 주어진 구조임을 설명한다. 두 마음을 이해하는 순간 자기 비난은 설명 가능한 경험으로 바뀐다.

　　　　　　　　　

2장 '결정의 메커니즘'에서는 결정이 이성의 문제가 아니라 감정 정리의 문제임을 다룬다. 미루기와 후회를 의지 부족이 아닌 마음의 신호로 다시 해석한다. 결정을 앞두고 먼저 정리해야 할 것이 무엇인지 함께 생각한다.

3장 '관계의 선택'에서는 관계 속에서 왜 마음이 가장 심하게 소진되는지를 살펴본다. 가까워지고 싶으면서도 거리를 두고 싶은 마음은 모순이 아니라, 관계에서의 균형을 모색하는 신호다. 관계를 끊지 않고도 덜 다치고 덜 피곤해지는 방법을 탐색한다.

4장 '생각의 함정'에서는 '더 생각하면 답이 나온다'는 믿음이 왜 결정을 방해하는지를 설명한다. 선택을 어렵게 만드는 것은 정보 부족이 아니라 기준의 부재이다. 정답을 좇는 대신 기준을 세우는 감각을 훈련한다.

5장 '두려움의 해석'에서는 두려움을 피해야 할 감정으로 보는 대신 방향을 알려주는 신호로 다룬다. 불안을 억누르려 할수록 선택이 더 어려워지는 이유를 짚는다. 두려움 속에 숨은 나의 가치와 균형점을 찾아간다.

마지막 **6장 '선택 이후'**에서는 후회를 선택의 실패로 보지 않고 회복의 기술로 다시 정의한다. 완벽한 선택보다 감당할 수 있는 선택이 왜 중요한지를 설명하고, 선택을 끝이 아닌 조정 가능한 과정으로 바라보는 관점을 제시한다.

이 책을 읽을 때, '이 마음은 고쳐야 할 대상'이라는 태도는 잠시 내려놓아도 좋다. 대신 이렇게 읽어보기를 권한다. '아, 내 마음이 지금 이런 상태구나.' '이 두 마음이 동시에 반응하고 있구나.' 이 책은 여러분이 지금보다 더 잘하라고 재촉하려는 의도로 쓰인 게 아니다. 다만, **스스로를 덜 미워하면서 선택하는 법을 함께 연습해 보자는 제안**이다. 이 책을 다 읽은 후에도 여러분의 삶에서 갈등이 사라지지는 않을 것이다. 앞으로도 우리는 계속 흔들릴 것이고, 선택 앞에서 망설일 것이며, 관계 속에서 피곤해질 것이다. 다만 달라지는 것이 하나 있다면, 그 순간마다 자신을 다그치기보다는 이렇게 말할 수 있게 되는 것이다. '또 내 안의 두 마음이 동시에 반응하고 있구나.' 이렇게 내 마음을 이해하게 되면, 선택은 덜 잔인해지고 후회는 덜 지속된다.

이 책이 바라는 건 더 단단해지는 삶이 아니라 흔들리면서도 무너지지 않는 감각이다. 두 마음을 없애려 애쓰지 않고 그 사이에서 길을 찾는 법. 바로 거기서부터 조금 더 숨쉬기 쉬운 선택이 시작된다.

이 책의 출판을 위해 많은 분들이 수고해 주셨다. 메가스터디(주) 단행본실 김민정 팀장님, 빅포레스팅 탁수진 대표님, 신정숙 이사님, 조서인 실장님께 깊이 감사드린다.

저자 일동

# INTRO. 정답을 찾으려 할수록 흔들리는 선택의 문턱



## 1장. | 흔들림의 본질: 양가감정은 비정상이 아니라 본능이다



## 2장. | 결정의 메커니즘: 감정과 이성은 어떻게 맞서고 협력하는가

## 5장. | 두려움의 해석:
두려움이 알려주는 내가 진짜 가치를 두는 곳



## 6장. | 선택 이후:
완벽한 선택보다 후회를 감당할 수 있는 선택을 하는 법

# 두 마음 사이에서 고민하는 당신을 위한
# 10가지 마음의 감각

우리 안의 두 마음은 어느 한쪽이 이겨야 하는 것이 아니라, 각기 다른 가치를 지키려는 소중한 신호이다. 본격적인 탐색을 시작하기에 앞서 앞으로의 여정에 길잡이가 되어줄 10가지 마음의 원칙을 먼저 소개한다. 이 문장들이 선택 앞에서 당신이 스스로를 덜 미워하며, 흔들림 속에서도 무너지지 않는 단단한 토대가 되어주길 바란다.

1. 두 마음이 생기는 것은 그 일이 그만큼 중요하다는 뜻이다.

2. 선택의 어려움은 무엇을 얻느냐가 아니라, 한쪽을 고르면 다른 쪽을 잃어야 한다는 '상실감'을 다루는 데에 있다. 따라서 정보를 더 찾는다고 고민이 해결되지는 않는다.

3. 확신은 선택의 전제조건이 아니다. 직접 부딪쳐본 뒤에 얻게 되는 결과물이다.

4. 결정과 관련된 내 감정을 먼저 이해하라. 불안은 내게 무엇이 중요한지를, 아쉬움은 내 가치가 연결되어 있음을, 미련은 채워지지 않는 욕구를 대변한다.

5. 이성은 감정을 억누르는 도구가 아니다. 감정이 알려준 문제의 방향을 살피고, 어떻게 행동해야 후회가 적을지를 설계하는 든든한 협력자다.

6. 더 생각하면 답이 나온다는 말이 언제나 유효한 것은 아니다. 선택에 필요한 것은 정보를 더 모으는 것이 아니라 판단의 기준을 과감하게 줄이는 것이다.

7. 결정을 위한 완벽한 이유를 만들려고 애쓰지 마라. 결정 전에 40%만 납득되면 나머지는 실행과 경험으로 채워나가는 것이 바람직하다.

8. 모든 조건을 만족시키는 선택지는 세상에 없다. 절대 놓치고 싶지 않은 핵심 가치 두 가지 + 있으면 좋은 한 가지($\alpha$)에 집중할 때 현실적 선택이 가능하다.

9. 관계 갈등을 줄일 때는 On/Off 스위치 대신 다이얼로 농도를 조절하라. 죄책감은 줄이고 관계의 지속성은 높일 수 있다.

10. 선택했으면 후회에 머물지 말라. '그때 그랬어야 하는데'라는 자책보다 '그보다 더 나빴을 수도 있었다'는 사실을 기억하는 편이 낫다. 선택 이후를 책임지고 조정해 나가는 태도가 수반될 때 비로소 '좋은 선택'은 완성된다.

# 정답을 찾으려 할수록 흔들리는 선택의 문턱

# 유정의 고민

유정은 요즘 마음이 조급하다. 서른여덟, 지금의 회사에 들어온 지도 벌써 10년이 넘었다. 직급도 어느 정도 올라갔고 연봉도 나쁘지 않다. 겉으로 보면 안정적인 커리어다. 그런데 이상하게도 요즘 들어 마음이 자꾸 흔들린다. 몇 달 전부터 유정은 이 질문에서 벗어나지 못하고 있다. '지금 이 길을 계속 가는 게 맞을까?'

회사에서 맡는 일은 점점 익숙해지고 있다. 일은 할 만하고, 동료들과의 관계도 무난하다. 문제는 그 익숙함이 어느 순간부터 '이대로 괜찮을까' 하는 생각으로 바뀌었다는 점이다. 앞으로도 10년, 20년을 이 일을 하며 살게 될까 생각하면 마음이 묘하게 답답해진다. 하지만 그렇다고 지금의 길을 쉽게 내려놓을 수도 없다. 경력, 연봉, 생활의 안정. 무엇보다 가족의 생활이 이 일과 연결되어 있기 때문이다.

유정 앞에는 두 갈래 길이 있다.

A. 지금의 직장을 계속 다니며 안정적인 커리어를 이어가는 길

B. 새로운 공부나 훈련을 통해 전혀 다른 분야로 경력을 전환해 보는 길

둘 다 나쁘지 않다. 문제는 유정의 결심이 약해서가 아니다. 결정을 하면 행동으로 옮겨야 하는데, 과정이 얼마나 힘들까 생각하면 부담스럽기만 하다.

새로운 길을 택하려면 준비할 것이 많다. 대학원이나 전문 교육 과정을 알아봐야 하고, 시간을 어떻게 확보할지도 고민해야 한다. 학비와 생활비 문제도 현실적으로 계산해야 한다. 지금까지 쌓아온 경력을 내려놓기도 쉽지 않다.

지금의 직장을 계속 다니는 길도 마음이 완전히 편한 것은 아니다. 회사의 방향이 언제까지 안정적일지 알 수 없고, 조직 안에서의 경쟁도 점점 치열해지고 있다. 무엇보다 마음속 어딘가에서 '이대로 시간이 흘러가면 언젠가 후회하지 않을까' 하는 생각이 자꾸 고개를 든다.

　　　　　　　　　

그러니까 유정은 더 이상 미룰 수 없다. 이 고민을 계속 끌고 가다 보면 어느 순간 선택할 기회 자체가 사라질지도 모른다. 마음은 조급한데, 어디서부터 손을 대야 할지 막막하다.

어떤 경우 사람들은 일을 시작하기도 전에 의욕을 잃는다. 과정이 너무 힘들 것 같기 때문이다. 행동에 옮기기 전에 머릿속으로 먼저 그 과정을 그려보는데, 많은 노력이 필요할 것 같고 막상 해도 잘 될 것 같지가 않다. 그러면 '굳이 지금 안 해도 되는 것 아닐까' 하는 생각이 든다. 이런 고민은 나이가 들수록 더 복잡해진다. 단순히 무엇이 좋고 나쁜지를 고르는 문제가 아니기 때문이다. 많은 경우 선택은 무엇을 포기할 것인지, 혹은 어떤 불안을 감수할 것인지와 관련된다.

예를 들어, 아이를 키우는 시기에는 커리어와 양육 사이에서 갈등이 생긴다. 아이의 중요한 시기를 함께하지 못한다는 죄책감과 커리어가 끊길지 모른다는 두려움이 동시에 찾아온다. 출산 후에 복직을 앞두고도 고민이 많다. 아이는 손길을 필요로 하는데 그렇다고 지금 일을 그만두면 다시는 업계로 돌아오지 못할 것 같다.

주거 문제 역시 비슷한 갈등을 만든다. 지금이 내 집 마련의 기회라는 이야기를 들으면 마음이 흔들린다. 하지만 대출 원리금을 갚느라 삶의 여유가 사라질까 봐 두렵다. 지금 사지 않으면 평생 뒤처질 것 같고, 사자니 혹시 고점에 들어가는 것은 아닐지 걱정이 된다. 그래서 매일 부동산 앱을 보면서도 쉽게 결정을 내리지 못한다.

어떤 길을 택하든 다른 가능성을 내려놓아야 하고, 그에 따른 불안을 감수해야 한다. 선택이 가져올 무게를 먼저 느낄수록 망설임이 커진다.


그래서 유정 역시 하루에도 몇 번씩 마음이 바뀐다. 아침엔 지금의 직장을 계속 다니는 게 맞는 것 같다. 안정적인 수입이 있고, 이때까지 쌓아온 경험도 있다. 지금의 자리를 지키는 것이 책임 있는 선택처럼 느껴진다. 그 생각을 하면 마음이 조금 놓인다. '괜히 모험할 필요는 없지.'

그런데 점심쯤 되면 다른 생각이 올라온다. '지금이 아니면 언제 다시 시작할 수 있을까?' 새로운 분야에서 공부해 보고 싶은 마음, 다른 삶을 살아보고 싶은 마음이 고개를 든다. 그 생각을 하면 가슴이 조금 뛰기 시작한다. '아직 늦은

 나는 왜 결정이 두려운가

건 아닐지도 몰라.'

저녁이 되면 다시 현실적인 계산이 시작된다. 학비는 얼마나 들까, 가족은 어떻게 받아들일까, 몇 년 뒤 나는 어떤 모습일까. 머릿속에서 여러 가능성이 서로 다른 방향으로 움직인다. 마음속에서 서로 다른 목소리가 번갈아 운전대를 잡는다.

유정이 괴로운 건 두 길 중 어느 하나가 '틀려서'가 아니다. 두 길 모두 어느 정도는 맞기 때문이다. 하나는 안정과 책임을 건드리고, 다른 하나는 성장과 가능성을 건드린다.

결국 유정이 매일 마주하는 질문은 이것이다. '어느 길이 더 좋은지 모르겠다'가 아니라 '한 길을 고르는 순간 다른 길을 잃어야 한다는 사실을 어떻게 견딜 것인가?'

선택은 정보의 문제가 아니라 감당의 문제이다. 유정은 지금 그 감당의 문 앞에 서 있다.

만일 유정이 여러분에게 조언을 구한다면 여러분은 어떻게 말하고 싶은가?

유정의 고민을 들은 사람들은 가만히 있지 않는다. 경력의 갈림길 앞에서 흔들리는 사람을 보면, 누구나 한마디쯤은 해주고 싶어진다. 문제는 그 조언들이 대부분 선의에서 나왔음에도 유정을 덜 흔들리게 하기보다는 오히려 더 혼란스럽게 만든다는 점이다. 그 이유를 하나씩 살펴보자.

• 조언 1: "내가 해보니까 이게 더 나아."
(경험에 근거한 A 또는 B 선택 조언)

가장 흔한 조언이다. "내가 회사 오래 다녀보니까 말이야…." "요즘은 한 번쯤 커리어 전환을 해보는 것도 나쁘지 않아."

조언자는 자신의 경험을 근거로 A가 낫다거나 혹은 B가 더 의미 있는 선택이라고 설명한다. 나름의 논리도 있다. 당시의 후회, 지금의 만족, 주변 사례까지 덧붙인다. 말은 설득력 있어 보인다.

그런데 이상한 일이 벌어진다. A를 추천하면 유정은 갑자기 B의 장점을 더 또렷하게 말하기 시작하고, B를 추천하면 유정은 A를 선택해야 할 이유를 더 강하게 설명한다. 조언자는 점점 난처해진다. "아니, 네가 고민한다길래 말해준 건데…. 그럼 어쩌라고?"

  나는 왜 결정이 두려운가

이 장면은 '동기 강화 상담motivational interviewing'에서 매우 익숙한 패턴이다. 상담에서는 이런 상황에서 '한쪽 편을 섣불리 들지 말라'고 한다. 이유는 간단하다. 이 상황은 줄다리기가 아니라 시소seesaw에 가깝기 때문이다.

유정의 마음속에는 이미 A도 있고 B도 있다. 문제는 'A or B'가 아니라 'A and B'이다. 두 선택지가 모두 유정의 일부이다. 그래서 누군가 한쪽을 강하게 밀면, 마음은 자동으로 반대쪽에 체중을 싣는다. **균형을 맞추려는 심리적 반작용**이다.

특히 중요한 점은, 이런 고민의 상당수가 마음속 비율로 보면 51:49 혹은 52:48 정도라는 것이다. 거의 비슷하다. 그런데 조언자가 한쪽을 확신에 차서 밀어붙이면, 유정은 오히려 '아직 버려지지 않은 49%'를 변호하게 된다. 이건 고집이 아니라 자신의 복잡한 마음을 지키려는 자연스러운 반응이다.

그래서 경험 기반 조언은 종종 설득 대신 반대 논증을 강화하는 역할을 하게 된다. 해결이 안 되는 이유는 조언이 틀려서가 아니다. 조언의 구조 자체가 유정의 내적 갈등을 더 양극화시키기 때문이다.

- 조언 2: "이익과 손실을 적어보고, 점수로 결정해."
  (이익-손실 비교법)

조금 더 이성적으로 보이는 조언이다. "장단점 써봤어?" "A 선택의 이익과 손실, B 선택의 이익과 손실을 다 적어봐." "점수 매겨서 이익이 큰 쪽으로 가면 되지."

유정은 실제로 적어본다. 지금의 직장을 계속 다니는 것의 장점과 단점, 새로운 공부나 경력 전환의 장점과 단점. 점수도 매긴다. 계산해 보니 아주 미세하게 A가 더 높거나, 혹은 B가 조금 앞선다. 그런데도 선택을 하지 못한다. 이유는 분명하다. 유정의 머릿속에는 이런 생각이 남아 있다.
'그래도 만약에… 나중에 후회하면 어떡하지?'

'이익-손실 비교법'이 효과적으로 작동하지 않는 이유는, 이 방법이 불확실성을 제거해 줄 것처럼 보이지만 실제로는 그렇지 않기 때문이다. 점수는 숫자로 정리되지만, 그 숫자가 후회 가능성을 없애주지는 못한다. 특히 커리어 전환처럼 되돌릴 수 없다고 느껴지는 문제에서는, 사람들은 이익의 총합보다 '돌이킬 수 없음'에 훨씬 민감하다. 이익이 10



나는 왜 결정이 두려운가

이렇게 순차적으로 작업한 뒤, 마지막 단계에서 점수의 크기보다는 '이 과정을 거치는 동안 어느 쪽의 장점이 내 마음에 더 오래, 더 무겁게 남았는가'를 살펴보는 것이 핵심이다. 이는 계산으로 결론을 내리려는 시도가 아니라, 집중된 사고 과정을 통해 자신의 가치와 감정의 비중이 자연스럽게 어디에 실리는지를 확인하는 보조 장치로서 이익-손실 비교법을 사용하는 방식이다.

• 조언 3: "잠깐 A, B를 내려놓고 네 가치부터 생각해 봐."
  (가치 명료화 접근)

조금 더 심리학적인 조언이다. "당장 회사를 계속 다닐지, 새로운 길을 시작할지 말고, 네가 인생에서 중요하게 생각하는 게 뭐야? 성장? 안정? 의미? 독립?"

이 조언은 방향 자체는 틀리지 않다. 실제로 많은 결정은 가치와 연결될 때 더 단단해진다. 선택지가 바뀌어도 흔들리지 않는 기준은 외부 조건이 아니라, '무엇을 더 중요하게 여기는 사람으로 살고 싶은가'에 대한 내적 기준이기 때문이다. 가치가 명료해지면 선택은 더 이상 A와 B의 우열을

가리는 문제가 아니라, 이 선택이 나를 어떤 방향으로 데려
가는가를 묻는 과정으로 바뀐다. 그 순간 결정은 계산의 문
제가 아니라 정체성의 문제에 가까워지고, 결과에 대한 후
회 역시 '틀린 선택'이 아니라 '내가 중요하게 여긴 것에 따
른 선택'으로 재해석될 여지가 생긴다.

그런데 유정의 반응은 이렇다. "그건 알겠는데 지금은 결
정을 미룰 수 있는 상황이 아니에요." "가족도 있고 현실적
인 문제도 있어서 인생 전체를 돌아볼 여유가 없어요." 이
조언이 와닿지 않는 이유는 시간 압박 때문이다. 가치 명료
화는 본래 숨을 고르고 시야를 넓히는 작업이다. 그런데 유
정의 현재 상태는 숨이 가쁘다. 가치 질문은 넓지만, 유정의
시계는 너무 빠르게 돌아가고 있다. 그래서 이 조언은 유정
에게 지금 당장 물에 빠졌는데 장기적인 수영 철학을 먼저
생각해 보라는 말처럼 들릴 수 있다.

결국 이 접근이 막히는 이유는 가치가 중요하지 않아서가
아니라, 가치를 선택으로 연결해 줄 '중간 다리'가 빠져 있기
때문이다. 가치만 이야기할 뿐 그 가치가 지금 마감을 앞둔
상황에서 어떻게 작동하는지는 연결되지 않는다. 그래서 유

정은 고개를 끄덕이면서도 다시 원점으로 돌아오게 된다.

## 왜 해결이 잘 안 될까?

조언 3까지 듣고 난 뒤에도 유정의 고민은 풀리지 않는다. 이상한 일은 아니다. 세 조언 모두 틀린 말은 아니기 때문이다. 그러나 문제가 풀리지 않는 데에는 공통된 이유가 있다.

첫 번째 조언은 유정의 마음을 더 또렷이 둘로 갈라놓고,
두 번째 조언은 선택 이후의 불확실함과 후회 가능성을 지우지 못하며,
세 번째 조언은 지금 유정이 처한 현실적인 압박과 직접 연결되지 않는다.

결국 이 조언들은 모두 '어느 쪽이 더 좋은가'라는 질문 안에 머물러 있다. 하지만 유정의 진짜 어려움은 거기에 있지 않다. 유정이 힘든 이유는 A가 틀려서도 B가 틀려서도 아니다. 하나를 고르는 순간 다른 하나를 잃어야 한다는 감각을 아직 다루지 못하기 때문에 힘든 것이다.



나는 왜 결정이 두려운가

그래서 이 고민은 선택지의 문제에서 선택을 감당하는 마음의 문제로 이동한다. 이 지점에서 질문은 이렇게 바뀌어야 한다. '어느 쪽이 맞을까?'가 아니라 **'나는 이 선택 이후의 불확실함과 흔들림을 어떤 태도로 견딜 수 있을까?'**

이 질문이 등장하기 전까지는 아무리 많은 조언을 들어도 마음이 쉽게 설득되지 않는다. 왜냐하면 유정에게는 이미 두 개의 마음이 동시에 존재하고 있기 때문이다. 하나는 더 나아가고 싶어 하는 마음이고, 다른 하나는 지금 이 땅 위에 서고 싶어 하는 마음이다. 이 둘은 서로 이겨야 할 적이 아니라 각기 다른 가치를 지키려는 신호이다.

그래서 우리의 이야기는 여기서 출발한다. 마음을 하나로 만들거나 갈등을 없애는 법을 알려주지 않는다. 대신 왜 우리의 마음은 늘 선택 앞에서 둘로 갈라지는지, 그리고 그 둘을 없애지 않고도 흔들리지 않게 다루는 감각은 어떻게 길러지는지를 차례로 살펴보려 한다.

유정의 이야기는 아직 결론이 나지 않았다. 하지만 이 이야기는 이 책 전체를 관통하는 질문을 이미 던지고 있다. 선택의 정답이 아니라 선택을 감당하는 감각은 어떻게 만들어지는가?

다음 장에서는 그 질문에 답하기 위해 우리가 왜 애초에 선택 앞에서 이렇게 흔들리도록 만들어졌는지부터 살펴보려 한다.

　　　　　나는 왜 결정이 두려운가

# 1장.
# 흔들림의 본질

양가감정은
비정상이 아니라 본능이다

## 선택 앞에서
## 마음이 둘로 갈라지는 순간

가끔은 정말 좋은 기회가 왔는데도 망설이는 경우가 있다. 오래 기다려온 기회라 기쁘면서도 한편으로는 과연 잘 해낼 수 있을지 부담이 된다. 내 능력에 비해 너무 큰일처럼 느껴지고 아직은 때가 아닌 것 같다는 생각이 들어서 기회를 덥석 잡지 못하고 머뭇거리게 되는 것이다. 중요한 선택일수록 마음이 한 방향으로 가지 않고 서로 다른 방향으로 동시에 움직이는 일이 잦다.

특히 이제는 나 혼자의 성취만을 생각할 수 없는 사람들에게 이러한 망설임은 더 깊고 무겁게 다가온다. 지켜야 할 가족이 있거나 조직 안에서 맡은 책임이 커질수록 선택은 더 이상 개인의 모험만으로 남지 않는다. 이때의 두려움은 단지 마음이 약해서 생기는 망설임이 아니다. 실패했을 때



나는 왜 결정이 두려운가

감당해야 할 파장이 예전보다 훨씬 커졌음을 직감하고, 소중한 것들을 지켜내기 위해 스스로를 더 신중하게 살피는 반응에 가깝다. 그래서 기회 앞에서 설렘보다 중압감이 먼저 밀려오는 일은, 당신이 삶의 무게를 그만큼 진지하게 받아들이고 있다는 증거이기도 하다.

이럴 때면 유명 인사들의 담대한 모습이 신기하기만 하다. 어떻게 떨지도 않고 저리 자신감 있게 해낼 수 있는지, 불안하거나 두렵지는 않은지 궁금하다. 그들의 의연함에 '그러니까 성공했겠지' 싶기도 하다. 하지만 생각해 보면 그들의 성공 역시 두려운 도전들이 쌓여 만들어진 결과인지도 모른다. 영화 「라라랜드」의 주인공이었던 라이언 고슬링도 "항상 오디션을 봤고 늘 떨어졌다. 떨어지는 게 기본값이었다"라고 언급했다. '그냥 하지 말까' 하는 망설임은 누구에게나 마찬가지다.

1984년 아직 신인 배우였던 톰 크루즈는 한 식당에서 더스틴 호프만을 마주쳤다. 더스틴 호프만은 당시 브로드웨이 무대에서 연극 「세일즈맨의 죽음」으로 한창 주목을 받는 배우였는데, 함께 식사하던 톰 크루즈의 여동생은 가서 인사를 해보라며 오빠를 재촉했다. 하지만 톰 크루즈는 자리에서 바로 일어나지는 못했다고 한다. 그 역시 두 개의 마음을 경험했던 것이다.

그는 그때까지 한 번도 낯선 사람의 테이블로 먼저 가 인사를 건네본 적이 없었다. '식사 중인데 방해가 되면 어쩌지? 괜히 무례해 보이면?' '어색해지면 내가 더 민망해질 텐데' 하는 마음이 브레이크를 밟았다. 가서 인사한다는 행동 자체가 그에게는 모험이었을 것이다.

한편으로는 어차피 한 번 사는 인생, 아니면 말고 하는 마음도 있었을 것이다. '그래도 내가 존경해 온 배우잖아. 이런 기회가 또 올까? 짧게라도 인사하고 싶다'라는 마음의 액셀이 있었다. '가서 인사하고 싶긴 한데… 그냥 하지 말까' 하면서 머뭇거리던 바로 그때 동생이 단호하게 나섰다. "오빠가 안 가면 내가 가서 오빠가 누군지 말할 거야."

톰 크루즈는 결국 자리에서 일어나 더스틴 호프만에게 인사를 건넸다. 결과가 얼마나 좋게 흘러갔는지를 이야기하고 싶은 게 아니다. 톰 크루즈 역시 '가고 싶은 마음'과 '두려운

     나는 왜 결정이 두려운가

마음'이 공존하는 내적 갈등에 붙잡혀 있었다. 그리고 이렇게 두 마음 사이에서 멈칫할 때 누군가 등을 떠밀면 용기를 내기도 한다. 그런데 혼자서는 왜 이렇게 고민만 많이 하게 될까.

# 하고 싶은데,
# 하기 싫은 이유

서로 다른 감정이 동시에 존재하는 상태를 심리학에서는 '양가감정'이라고 한다. 이는 거창한 인생의 기로에서만 나타나는 게 아니다. 중국집에 가면 짜장면도 먹고 싶고 짬뽕도 먹고 싶다. 식사 메뉴를 정할 때조차 이걸 먹을까, 저걸 먹을까 고민한다. 이건 뭘 선택해야 할지 몰라서라기보다는 둘 다 포기하고 싶지 않다는 마음에 더 가깝다. 하나를 고르는 순간 다른 하나는 포기해야 한다는 아쉬움이 따라오기 때문이다. 결국 고민 끝에 짬짜면을 선택한다. 이는 결단이라기보다는 선택을 유보할 수 있는 절충안에 가깝다.

하지만 모든 상황이 짬짜면처럼 절충으로 해결되지는 않는다. 때로는 반드시 하나만 선택해야 하는 순간이 찾아온다. 도전하고 싶지만 실패가 두렵고, 다가가고 싶지만 거절당할까 걱정될 때, 우리의 마음은 늘 선택의 경계에 있다.

오늘은 정말 헬스장에 가려고 했다. 퇴근하자마자 운동복으로 갈아입었다. 이번에는 다르다. 의지는 분명히 있었다. 그런데 소파에 잠깐 앉은 것이 화근이었다. 헬스장에서 볼 운동 영상을 고르다가 그만 시간이 훌쩍 흘러가 버렸다. '지금 가도 되긴 하는데… 내일 하지 뭐.' 결국 운동복을 벗고 잠옷으로 갈아입었다.

머릿속에는 합리화가 작동한다. 오늘 하루 쉰다고 큰일 나는 것도 아니다. 피곤한데 억지로 운동했다가 오히려 내일 힘들어질 수도 있다. 요즘 체력이 좀 떨어진 것 같기도 하다. 이렇게 머릿속으로 타당한 이유가 하나둘 쌓인다. 그나마 운동복을 입었다는 것만으로도 약간 위안이 된다. '그래도 오늘은 하려는 의지는 있었잖아.' 이렇게 스스로를 설득하며 오늘을 넘긴다. 시작은 언제나 진지했고, 끝은 또 '내일'이다.

하지만 이 장면을 '의지 부족'으로만 읽으면 마음의 복잡성을 간과하는 셈이 된다. 몸이 피곤하다는 신호, 실패했을 때의 자책을 피하고 싶은 신호, 지금은 쉬어야 한다는 보호 신호 역시 실제로 꽤 설득력 있는 요소이기 때문이다.

# 자유를 원하면서
# 외로움을 견디지 못하는 모순

마음의 줄다리기가 시작되는 또 하나의 대표 무대가 '관계'이다. 우리는 자유를 원하면서도 혼자 있긴 어렵다. 누구의 간섭도 받지 않고 내 마음대로 지내고 싶다가도, 막상 혼자 있으면 서운해지고 허전해진다. 여기에는 '자율성'과 '관계성'이라는 두 욕구가 함께 들어 있다.

화요일쯤 친구 단톡방에 오랜만에 넷이 모이자며 모임 제안이 올라왔다. 이번 주 토요일이 어떠냐는 제안에 곧바로 한 명이 가능하다고 하고 다른 한 명도 된다고 한다. 둘이 빠르게 승낙하면서 모이는 걸로 분위기가 굳어졌고 이제 남은 건 나 하나. 알림창으로 내용을 다 보고서 읽음 표시가 뜨지 않게 창을 닫았다. 답장할 타이밍이지만 마음이 아직 정해지지 않았다.



나는 왜 결정이 두려운가

나갈까 말까. 이 친구들은 꽤 오래된 인연이다. 서로 자주 연락하지는 않지만 1년에 두세 번은 꼭 얼굴을 보자고 하는 사이다. 잊히지 않게 관계를 챙기고, 누군가는 연락해서 자리를 만든다. 이렇게 관계를 가꾸는 게 쉬운 일이 아닌 걸 아니까, 마음을 내주는 것이 정말 고맙다. 무엇보다 막상 나가면 즐거울 걸 안다.

그런데 이번 주에는 정말 지쳤다. 업무도 많았고, 회의 때문에 사람도 많이 만났고, 회식도 한 번 했다. 주말에는 누구와도 대화하지 않고 조용히 쉬고 싶은 마음이 크다. 이런 때는 좋아하는 친구들을 만나도 충전이 아니라 배터리 소모처럼 느껴진다. 이런저런 안부를 묻고, 분위기를 맞추고, 대화의 간극을 메우다 보면 돌아올 때는 기운이 쭉 빠진다.

하지만 간단히 나는 빠지겠다고 할 수도 없다. 나만 빠지면 애써 이어온 모임의 분위기를 망치지 않을까 하는 걱정, 혹은 바쁘다는 이유로 좋은 동료나 친구로서의 역할을 다하지 못하고 있다는 자책 역시 마음 한구석을 무겁게 누른다. '피곤함'과 '즐거움' 사이의 갈등에, 타인의 기대를 저버리지 않으려는 성인으로서의 책임감과 소진되어 가는 자신을 지키려는 본능 사이의 갈등까지 더해지는 것이다.

이렇게 우리 안에서는 미묘한 감정이 교차한다. 연락이 없을 땐 허전하고, 오기 시작하면 피곤하다. 한편으론 나를 기억해 주는 사람들의 존재가 고맙다가도 금방 사람들과 거리를 유지하고 싶다는 생각이 스친다. 이 복잡함이야말로 우리 마음속 두 본능의 전형적인 흔들림이다. 혼자 있고 싶어서 문을 닫았는데 막상 혼자 있으면 허전해진다. 반대로 사람들 속에 있다가도 지치면 다시 혼자 있고 싶어진다. 이 오락가락하는 마음은 꽤 익숙하다.

사람들은 농담처럼 말한다. "혼자는 외롭고 둘은 피곤해." 이 모순처럼 느껴지는 감정은 성격의 문제가 아니라 누구에게나 있는 두 가지 기본 욕구에서 나온다.

- 내 삶을 내가 선택하고 싶다는 욕구(자율성)
- 누군가와 연결되어 있고 싶다는 욕구(관계성)

자율성은 선택의 손잡이를 내가 쥐고 있다는 감각이다. 일을 하든 관계를 맺든 '내가 선택했다'는 느낌이 있을 때 마음은 덜 지친다.

심리학자 데시Deci와 라이언Ryan[1]은 **인간이 건강하게 성장하기 위해 자율성, 유능성, 관계성이 필요하다고 설명했다.** 그중 자율성은 숨처럼 작동한다. 이 감각이 사라지면 무기력과 소진이 빠르게 찾아온다. 시키는 일만 반복하고 결정권이 없다고 느낄 때 쉽게 지치는 이유가 여기에 있다.

예를 들어, 직장 생활에서 우리를 지치게 하는 것은 업무의 절대적인 양만이 아니다. 그보다 더 깊은 피로를 만드는 것은 그 일의 방향이나 방식을 내가 결정할 수 없다는 무력감이다. 내가 왜 이 일을 해야 하는지 이해하지 못한 채 타인의 속도와 기준에만 맞춰 움직여야 할 때, 우리의 마음은 쉽게 소진된다. 결국 에너지가 고갈되어 마치 엔진이 꺼진 채 끌려가는 자동차와 같은 상태가 된다.

같은 행동이라도 선택권이 어디에 있느냐에 따라 몰입은 달라진다. 누군가 꼭 읽어야 한다고 하는 책에는 손이 가지 않지만, 스스로 고른 책은 밤새 읽게 되는 것과 같다. 자율성은 '내가 선택한 삶을 내가 책임진다'는 성숙한 감각이다.

하지만 자율성만으로는 충분하지 않다. 인간은 연결 속에서 안정감을 느끼는 존재이다. 누군가에게 이해받고, 기대나 의지를 할 수 있을 때 마음은 한결 편해진다. 애착 이론 attachment theory[2]은 이 점을 잘 보여준다. 위험할 때 돌아갈 곳이 있다는 믿음은 새로운 시도를 가능하게 하는 바탕이 된다. 반대로 이 믿음이 약하거나 의심이 크면 타인의 거절이나 무관심에 과도하게 흔들리기 쉽다. 상사의 무심한 반응이나 늦은 답장에 마음이 요동치는 이유도 여기에 있다. 관계의 욕구는 외향성인지 내향성인지와는 다르다. '나는 이 세상 안에서 안전한 자리를 갖고 있는가?'라는 질문에 해당하는 것이다.


**두 욕구의 긴장: 어디까지가 자유이고, 어디부터가 고립인가**

다만 관계에서는 자율성을 지키기 어려운 경우가 생긴다. 자유를 좇다 보면 고립되고, 외로움을 피하다 보면 내 공간을 잃는다. 한쪽으로 기울수록 피로와 불안이 커진다. 그래서 많은 사람들이 '적당히' 앞에서 멈춘다. 어디까지가 연결이고 어디부터가 침범일까? 어디까지가 자유이고 어디부터가 고립일까?

　　　　　　　나는 왜 결정이 두려운가

하고 싶은 마음, 해보고 싶다는 생각 속에는 더 나아질 수 있다는 그림이 함께 들어 있다. 그 그림이 또렷할수록 망설임이 적어지고 행동으로 옮기게 된다. 예를 들어, 이직을 고민할 때도 비슷하다. 더 나은 환경과 성장을 기대하는 열망이 생기고, 새로운 곳에서도 해낼 수 있을 것이라는 희망이 있으면 이직을 선택한다. 열망이 방향을 잡아주고, 희망이 그 길을 버틸 힘을 보태는 것이다.

그리고 다른 한편으로는 괜히 이직했다가 긁어 부스럼이니 멈추라는 생각이 들 수도 있다. 이는 일종의 자기 점검인데, 점검이 과해지면 발이 쉽게 묶인다. 특히 실패에 대한 두려움은 자기 효능감과 맞물린다. 자꾸 '내가 해낼 수 있을까?'라는 질문을 하면 자신감이 떨어진다. 실패 자체가 문제가 아니라 실패를 감당할 수 있을지에 대한 불안이 움직임을 늦추는 게 진짜 문제다.

잘하고 싶고 실패하고 싶지 않은 마음은 자연스럽다. 문제는 열망하는 마음과 망설이는 마음이 엇박자로 동시에 작동할 때다. 나아가려는 힘과 멈추려는 힘이 함께 커지면, 마치 출발선에서 액셀과 브레이크를 동시에 밟은 것과 같은 상태가 된다. 이렇게 공회전을 하면, 움직이지 않는데 에너지만 소모되고 생각은 과열된다.

마음이 나뉘면 불안해지기 쉽다. 하지만 상반된 감정의 공존은 매우 자연스러운 균형 장치이다. 한쪽에는 열망이, 다른 한쪽에는 위험을 살피는 두려움이 있다. 이 둘은 적이 아니라 서로 다른 역할을 맡은 신호다. 양가감정은 방해물로만 남지 않는다. '이 선택이 나에게 중요하다'는 표시가 되기도 한다. 다만 그 신호를 읽지 못하면 마음의 흔들림은 더 커진다.

하지만 엇박자라고 해서 늘 문제가 되는 건 아니다. 1959년 재즈 피아니스트 데이브 브루벡은 「Take Five」라는 곡을 발표했다. 광고나 영화에 많이 사용된 곡이라 들어보면 익숙할 것이다. 이 곡은 4분의 5박자라는 낯선 리듬으로 구성되어 있는데, 당시 4분의 4박자에 익숙했던 대중에게 이 곡은 처음엔 어딘가 어긋나 보였다. 그런데 신기하게도 바로 그 어긋난 리듬이 이 곡의 정체성이 되었다. 곡이 널리 알려지면서 재즈를 잘 모르는 사람들까지도 그 리듬을 기억하게 되었다.

　　　　　　　　　나는 왜 결정이 두려운가

우리 마음도 이와 비슷하다. 지금 내 마음이 정박자가 아니라고 해서 틀린 건 아니다. 다만 어느 쪽이 앞서고 있는지는 살펴볼 필요가 있다. 그리고 액셀과 브레이크를 동시에 밟고 있다면, 한쪽 발을 살짝 떼보는 것만으로도 흐름이 달라진다. 브레이크를 조금 풀면 움직임이 시작되고, 액셀을 풀어 잠시 속도를 늦추면 주변을 살필 여유가 생긴다.

엇박자도 리듬이다. 정박자만으로 음악이 만들어지지 않듯 마음의 리듬도 엇박과 정박이 섞일 때 살아 움직인다. 어긋남을 고치려 하기보다 조율하려는 태도에서 다음 행동이 나온다.

# 두 마음을 설명해 온 언어들:
## 프로이트, 페스팅거, 융, 하이데거

'왜 나는 늘 망설일까?' '왜 하고 싶은 마음과 걱정이 동시에 드는 걸까?' 이 질문에 대해 많은 철학자와 심리학자가 두 마음의 충돌을 저마다의 방식으로 해석해 왔다. 이 오래된 질문에 대한 네 가지 관점이 있다.

가장 대표적으로 정신분석학자 지그문트 프로이트Sigmund Freud는 두 마음을 무의식적인 저항으로 설명했다.

프로이트는 인간의 마음을 세 층으로 나누었다.

- 의식: 내가 지금 자각하고 있는 생각과 감정
- 전의식: 조금만 노력하면 떠올릴 수 있는 기억과 정보
- 무의식: 내가 알아차리지 못하지만 내 안에 존재하는 욕망과 두려움의 저장소

예를 들어보자. 시험공부를 하겠다고 결심했는데, 막상 책상 앞에 앉으면 집중이 안 된다. SNS를 보고 싶어지고, 딴 생각이 떠오르고, 청소라도 하고 싶어진다. 이때 이성적 '의식'은 '지금 공부해야지'라고 말한다. 그러나 무의식 어딘가에서는 '시험을 망칠까 봐 두렵다'거나 '완벽하게 못 할 것 같아 피하고 싶다'는 불안과 저항이 꿈틀거리고 있는 것이다. 프로이트가 말한 무의식의 저항은 바로 이러한 심리적 현상이다. 겉으로는 '하기 싫다'인데, 그 밑에는 '실패가 두렵다'가 숨어 있을 때가 있다. 이러한 숨은 마음은 논리로 설득할 대상이 아니라 먼저 알아차려야 할 대상이다. 이를 자각하지 못하면 자신도 모르게 충동적인 선택을 하게 될 수 있다. 그래서 숨은 마음을 의식 위로 끌어올려 알아차린 상태에서 선택하는 것이 더 바람직하다.

두 번째로 사회심리학자 레온 페스팅거Leon Festinger는 이렇게 말했다. 사람은 불편함을 오래 들고 있지 못해서 특정한 설명을 만들어낸다. 그 설명이 때로는 행동을 바꾸게도 하고 때로는 괜찮다고 넘기게도 한다.

예를 들어, 환경을 보호해야 한다는 소신이 분명한 사람이 있다. 그런데 카페에 갔더니 머그잔 대신 일회용 컵에 음료가 담겨 나왔다. 이때 속으로 불편한 감정이 올라온다. '나는 분명 환경을 소중하게 여기는데 일회용 컵을 써도 될까?'

이럴 때 발생하는 심리적 불편감을 인지 부조화라고 부른다. '오늘은 어쩔 수 없었어. 매장에 머그잔이 없었잖아' '이 정도는 별로 큰 영향도 없어'와 같은 합리화로 우리는 스스로 불편하지 않도록 마음 속에서 조정을 한다.

분석심리학자 칼 구스타프 융Carl Gustav Jung은 좀 더 따뜻한 시선으로 우리 내면을 바라봤다. 그는 인간의 마음을 '빛과 그림자'로 설명했다.

- 빛: 내가 받아들이고 인정하는 모습
- 그림자: 내가 외면하고 밀어낸 모습, 감정, 욕망

예를 들어, 나는 다른 사람 앞에서 항상 상냥하고 이해심 많은 사람이고 싶어 한다. 그러나 마음속 어딘가에서는 짜증, 질투, 심술 같은 감정도 자연스럽게 올라온다. 이걸 인정하기 어려워 밀어내면 이 감정들은 그림자가 되어 무의식 속에 쌓인다. 문제는 그림자를 억누를수록 언젠가 더 강하게 튀어나온다는 것이다. 평소에 참기만 하던 사람이 어느

날 폭발하듯 화를 내는 것도 이 때문이다.

밀어낸 감정은 사라지는 대신 숨어 있다가 다른 방식으로 모습을 드러내곤 한다. 그래서 융은 '없애기'보다 '인정하기'를 강조한다. 내 안의 그림자를 정직하게 바라보는 사람일수록 감정에 덜 휘둘린다. 내 안에 어두운 감정도 있다는 사실을 인정하면 오히려 우리는 자유로워진다.

철학자 마르틴 하이데거Martin Heidegger는 인간을 타인의 시선을 의식하며 살아가는 존재로 보았다. 실제로 우리는 일상 속에서 늘 타인을 염두에 둔다. 옷을 고를 때는 어떻게 보일지를 떠올리고, 대화를 할 때는 말이 어색하게 들리지 않을지 살핀다. 소셜 미디어에 글을 올릴 때도 사람들의 반응을 한 번쯤 가늠해 본다.

하이데거는 이런 삶의 방식을 '타자 속의 나'라고 불렀다. 남들이 기대하는 내 모습에 맞춰 살다 보면 '진짜 나'는 점점 흐려진다. 결국 이렇게 자문하게 된다. '나는 지금 정말 내가 원하는 삶을 살고 있는가?' 타인의 시선을 완전히 지우기는 어렵다. 다만 그 시선을 아는 상태에서, 내 선택을 조금 더 회복해 가는 일은 가능하다.

네 학자의 말은 서로 다르지만, 마음이 하나로만 움직이지 않는다는 사실, 그리고 그 복잡함이 그 자체로 인간적이라는 두 사실은 동일하다.

# 두 마음의 갈등은
# 성장의 증거다

영화 「샤인」의 주인공 데이비드 헬프갓David Helfgott은 음악에 남다른 재능이 있었다. 그에게 음악은 자기 안의 소리를 밖으로 꺼내는 방식이었다. 사실 처음 그는 바이올린에 푹 빠진다. 하지만 아버지가 "바이올린은 불안정해. 너한텐 안정적이고 정확한 피아노가 더 맞아"라며 바이올린을 반대하자 데이비드는 피아노를 시작하게 된다.

하고 싶던 바이올린은 아니었지만 재능이 뛰어났던 데이비드는 빠르게 성장했다. 아버지는 아들의 재능을 자랑스러워했고, 칭찬은 데이비드의 자신감이 됐다. 하지만 겉으로 드러난 의식의 만족 아래에는 무의식적인 긴장이 함께 쌓이기 시작했고, 아버지의 애정은 점차 잘해야 한다는 압박으로 변해갔다. 데이비드에게 음악은 '자율성'을 실현하는 통점 더 크다는 사실보다 한쪽을 고르면 다른 쪽은 사라진다는 감각이 훨씬 크게 작동한다. 그래서 점수표는 선택을 도와주기보다는, 오히려 이런 질문을 남긴다. '이 점수 계산이, 내 인생을 책임져 줄 수 있을까?'

점수 계산이 답은 아니다. 유정도 그걸 안다. 그래서 표는 폐기되고, 고민은 그대로 남는다. 이 방법이 실패하는 이유는 유정이 비합리적이어서가 아니라, 후회와 상실의 감각은 계산으로 해결되지 않기 때문이다.

참고로 말하고 싶은 건, 이익-손실 비교법이 전혀 쓸모없는 것은 아니라는 점이다. 다만 **사용 방식이 중요**하다. 많은 사람들이 A의 장점을 떠올리다가 곧바로 A의 단점이나 B의 장점으로 생각이 튀는 식으로 A와 B를 비교하는데, 이렇게 하면 생각이 뒤섞이며 서로를 상쇄하는 효과만 커진다. 이 경우 판단은 더 흐려지고, 오히려 옴짝달싹 못 하게 된다.

그나마 도움이 되려면 다음과 같은 방식이 필요하다. ① 한 번에 한쪽의 '장점만' 집중해서 떠올린다. 이때 단점은 의도적으로 배제한 채 더 이상 추가할 것이 없을 때까지 충분히 생각해 본다. ② 그 장점들을 간단히 정리한 뒤에 다음 선택지로 넘어가 동일한 과정을 반복한다.

로가 아니라, 아버지라는 가장 소중한 대상과 '연결'되기 위한 도구가 되어버린 것이다.

대회가 가까워질수록 아버지는 "절대 실수하면 안 된다" "반드시 정확하게 쳐야 한다"며 데이비드를 혹독하게 준비시켰다. 이 과정에서 잘하고 싶은 열망 옆에 실패를 피하려는 두려움이 나란히 자리 잡았다. 겉으로는 집중해서 잘 치자고 다짐하지만, 마음속에서는 틀리면 아버지의 사랑과 관심을 잃을지도 모른다는 불안이 고개를 들었다. 이때의 두려움은 단순한 나약함이 아니라, 자신에게 소중한 가치인 '아버지와의 관계'를 지키려는 본능적인 신호였다.

데이비드는 성공적으로 명문 음악 학교에 진학했고 연주는 완벽에 가까웠는데도 이상하게 무대에 오를 시간이 다가오면 손이 떨렸다. 하고 싶은 음악과 해야 하는 음악이 어긋나자 인지 부조화가 나타난 것이다. '이건 내가 좋아서 하는 음악'이라며 자신을 달래봐도 불안과 긴장이 사라지지 않았다. 하지만 이 떨림은 역설적으로 데이비드가 '성장'하고 있다는 가장 강력한 증거였다. 아버지가 정해준 정답 안에서만 움직이던 아이가, 이제는 '자신만의 음악'을 하고 싶다는

　　　　　　　　　　나는 왜 결정이 두려운가

내면의 자율성을 회복하려 할 때, 기존의 껍질을 깨고 나오며 거대한 마찰음이 발생하기 때문이다.

우리의 삶도 이와 닮았다. 내 마음 가는 대로 하고 싶지만, 그랬다가 다른 사람을 실망시킬까 봐 고민하는 경우가 많다. 내가 원하는 삶을 꿈꾸면서도 부모님이나 가까운 사람들의 기대를 저버리는 일은 쉽지 않다. 그래서 나답게 살고 싶다고 말하면서도, 은근히 타인의 시선을 계산한다. 이 두 마음 사이에서 너무 자주 자신을 뒤로하다 보면 밀려난 내가 그림자가 되어 쌓인다. 겉으로는 정답에 맞게 행동했을지 몰라도 그 선택이 내 것은 아니다. 그림자는 억눌린 채로 남아 있다가 더 큰 긴장과 혼란으로 모습을 드러낸다.

가끔은 일이 잘못될 가능성과 실패의 두려움이 커서 내 판단 대신 남의 결정을 따라갈 때가 있다. 영화 속 데이비드가 내 뜻대로 했다가 연주회를 망칠까 봐, 기대한 만큼의 성과를 내지 못할까 봐 두려워했던 것처럼 말이다. 남의 결정을 따라가면 결과가 잘못됐을 때 그 사람 탓을 할 수가 있다. 부모 탓, 상황 탓, 나에게 과도한 기대를 한 사람 탓을 하면 나는 안전해진다. 하지만 선택하지 않은 내가 그림자가 되어 마음속에 쌓이고, 선택하지 않았기 때문에 그 책임도 함께 미뤄진다.

데이비드의 손 떨림이 멈추고 진정한 연주가 시작된 것은, 아버지가 바라는 피아니스트라는 '빛'의 모습과 자신이 억눌러온 '그림자'를 마주하고 인정하기 시작했을 때였다. 그림자를 없애는 방법은 열망과 두려움, 도전과 회피, 자유와 관계 사이에서 매일 조금씩 균형을 배우고 익혀가는 것이다. 어느 한쪽을 없애는 방식은 대개 오래가지 않는다. 대신 두 마음이 각각 무엇을 지키려 하는지 알아차릴수록 선택은 조금 더 현실적인 얼굴을 갖추게 된다.

# 내 안의 두 마음 들여다보기

이 워크시트는 '내가 왜 머뭇거리는가'를 자책하는 대신 내 안의 두 마음을 구체적으로 알아보며 균형을 찾는 연습입니다. 양쪽 마음을 꺼내볼수록 내 선택은 더 단단해집니다.

## 과제 1. 양가감정 수준 체크리스트

다음 문항을 읽고, 현재의 나에게 해당하는 정도를 표시해 보세요.

| 전혀 그렇지 않다 | 그렇지 않은 편이다 | 보통이다 | 그런 편이다 | 매우 그렇다 |
| --- | --- | --- | --- | --- |
| 1점 | 2점 | 3점 | 4점 | 5점 |

문항

1. 어떤 결정을 내릴 때 한편으로는 하고 싶고, 한편으로는 망설이는 일이 자주 있다. (   점)
2. 새로운 도전을 생각할 때 기대감과 두려움이 동시에 느껴진다. (   점)
3. 사람들과 가까워지고 싶으면서도 거리를 두고 싶을 때가 있다. (   점)
4. 내 마음속에 늘 상반된 감정이 공존하는 것 같아 혼란스러울 때가 있다. (   점)
5. 스스로 '이게 정말 내가 원하는 선택일까?'라고 자문하는 경우가 많다. (   점)

★ 5~10점: 양가감정 경험이 적은 상태. 결정이 비교적 빠르고 안정적

★ 11~15점: 양가감정이 가벼운 수준. 때때로 고민이 있지만 큰 어려움은 없는 상태

★ 16~20점: 중간 정도의 양가감정 경험. 선택이나 관계에서 종종 갈등을 느낄 수 있음

★ 21~25점: 양가감정이 상당히 높은 상태. 선택 시 긴장과 갈등이 자주 동반될 수 있음

## 과제 2. 내 안의 두 마음 적어보기

지금 갈팡질팡 고민 중인 상황을 하나 떠올려보세요. 어떤 상황인지 적어보세요.

| 상황 |
| --- |
|  |

아래 두 칸에 각각 떠오르는 마음을 적어보세요.

| 하고 싶은 마음 / 끌리는 이유 | 걱정되는 마음 / 주저하는 이유 |
| --- | --- |
|  |  |

추가 질문

• 이 두 마음 중 지금 내게 더 크게 느껴지는 쪽은 어느 쪽인가?

• 양쪽 마음 모두를 존중하며 내가 당장 할 수 있는 작은 행동 한 가지
는 무엇일까?

# 2장.
# 결정의 메커니즘

감정과 이성은
어떻게 맞서고 협력하는가

## 20년 동안의 망설임

가장 이성적이고 논리적이어야 할 과학의 세계에서도, 결정은 결코 차가운 계산만으로 이뤄지지 않는다. 진화론의 기틀을 마련한 찰스 다윈의 사례를 살펴보자. 그는 『종의 기원』을 발표하기까지 무려 20여 년을 망설였다. 사실 그는 1830년대에 이미 진화론의 핵심 아이디어를 거의 완성했지만 그 결과물을 세상에 내놓은 것은 1859년이 되어서였다.

위대한 과학자의 망설임을 '이론적 완벽주의' 때문이라고 생각하기 쉽지만, 다윈의 20여 년 속에는 훨씬 더 복잡하고 뜨거운 감정의 줄다리기가 숨어 있다. 19세기 빅토리아 시대의 영국은 종교적 도덕의 권위가 사회 전반을 지배하고 있었다. 창조론의 관점에서 인간은 신이 특별한 목적을 가지고 창조한 존재로서 다른 생명체와 본질적으로 다르며 신으로부터 영혼과 도덕적 지위를 부여받았다는 것이 상식이었다. 그리고 과학도 이런 상식 위에서 돌아가곤 했다. 이러한 상황에서 인간도 다른 생명체와 다를 것 없이 자연법칙을 따르는 존재이며, 인간의 생명과 의식조차도 물질의 작용으로 설명할 수 있다는 다윈의 주장은 당시의 상식에 정면으로 도전하는 내용이었다.

게다가 다윈이 감수해야 할 위험은 사상적 위험에 그치지 않았다. 그는 당시 존경받는 신사 과학자 계층에 속해 있었고, 자칫하면 평생 쌓아온 학문적 명성과 상류 사회에서의 지위를 한순간에 잃을 수도 있었다. 그는 절친한 친구에게 보낸 편지에서, 진화론을 발표하는 것이 '마치 살인죄를 고백하는 기분'이라고 표현했을 정도로 압박을 느꼈다. 그의 이성이 '이것이 진실'이라고 외칠 때, 그의 감정은 '이 선택이 네 모든 삶을 파괴할 것'이라며 브레이크를 밟은 것이다.

특히 다윈을 주저앉힌 것은 가장 소중한 관계인 가족이었을지도 모른다. 독실한 기독교인이었던 아내 에마는 남편의 이론이 인간의 영혼을 부정하는 것이라 느꼈고, 어쩌면 사후 세계에서 남편과 다시 만나지 못할지도 모른다는 생각에

진심으로 슬퍼하고 두려워했다. 다윈에게 이 선택은 단순히 학술적 발표가 아니라, 신념이라는 이성과 사랑하는 이를 지키고 싶다는 감정이 정면으로 충돌한 고뇌의 현장일 수밖에 없었다.

결국 다윈은 후배 과학자 월리스가 유사한 이론을 발표하려 한다는 소식을 접한 뒤에야 결단을 내렸고, 그제야 『종의 기원』은 세상에 나오게 되었다. 결과론적으로 보면, 그의 20여 년의 망설임은 이론의 허점을 보완하고, 학계와 종교계, 그리고 대중이 받아들일 준비를 하는 숙성의 시간이 되었다. 하지만 그 이면을 들여다보면 인류의 사고를 바꾼 위대한 과학자조차 이성과 감정의 치열한 줄다리기 속에서 20여 년이라는 긴 세월을 보낼 만큼 결단이 쉽지 않았음을 보여준다.

이렇게 다윈처럼 머리를 따를 것인지 가슴을 따를 것인지 사이에서 흔들리는 모습은 평범한 우리에게도 낯설지 않다. 이제 우리는 이 망설임의 본질을 더 깊이 들여다보고자 한다. 우리의 고민은 더 나은 결과를 위한 신중함일까, 아니면 책임을 피하기 위한 머뭇거림일까?

# 신중함과
# 결정 장애의 차이

회사에서 안건을 밀어붙일지 말지, 이직을 할지 말지, 관계를 이어갈지 정리할지 같은 선택 속에서 머리와 가슴이 일치하지 않으면 보통 우리는 '조금 더 생각해 보자'라는 말로 결정의 시간을 미룬다. 하지만 그 망설임 속에서 우리가 정말로 마주해야 할 것은 정보의 부족이 아니라 내 안에서 충돌하고 있는 감정의 정체다.

신중함은 미덕이다. 다만 그 '조금 더'가 항상 도움이 되지는 않는다. 생각하는 사이에 기회를 놓치기도 하고, 상황이 바뀌어 애초의 고민이 무의미해지기도 한다. 충분히 따져봤지만 오히려 엉뚱한 기준을 붙잡고 있었음을 뒤늦게 깨닫는 경우도 있다. 우리의 고민은 신중함일까, 아니면 결정을 피하기 위한 머뭇거림일까? 다윈의 발표처럼 시간이 필요한 일도 있지만, 우리의 망설임은 종종 생각을 정리해 주기보다 혼란을 심화시키곤 한다.

신중함은 더 나은 결과를 만들기 위한 능동적 과정이다. 정보를 수집하고, 위험을 계산하고, 변수를 통제하기 위해 시간을 쓰는 것이다. 양궁 선수들을 떠올려 보면 이해가 쉽다. 과녁을 정확히 맞히기 위해 들이는 시간이 각자 다르다. 어떤 선수는 충분히 호흡을 고르고, 조준이 안정되었다고 느끼는 순간 활시위를 놓는다. 그 시간은 '미루는 시간'이 아니라 '맞히기 위한 시간'이다.

반면 흔히 말하는 결정 장애는 선택에 따르는 책임을 피하려는 수동적 상태에 가깝다. 판단이 틀렸을 때 비난을 받거나 손해를 볼까 봐, 혹은 결과가 어떨지 몰라 불안해서 결정을 미루는 것이다. 과녁을 못 맞힐까 봐, 조금이라도 흔들릴까 봐, 더 완벽한 순간이 오기만을 기다리며 계속 힘을 준다. 그런데 그렇게 버티는 시간이 길어질수록 팔에 힘이 빠지고 미세한 떨림이 생긴다. 관심이 '맞히는 감각'에서 '빗나갈 그림자'로 옮겨 가는 순간, 조준은 오히려 흐트러지기 쉽다.



나는 왜 결정이 두려운가

신중함의 시간은 일종의 '숙성의 시간'이다. 시간이 갈수록 윤곽이 또렷해지고, 판단의 질이 높아진다. 그 과정에서 자신이 틀렸을 가능성도 열어두고, 새로운 정보를 받아들이며, 기존의 판단을 수정한다. 선택을 더 정확하게 만들기 위해 시간을 버는 것이다. 반대로 결정 장애의 시간은 '고여 있는 시간'에 가깝다. 겉으로는 신중하게 생각을 더 하는 것 같지만, 실제로는 '안 될' 이유를 수집하는 경우가 많다. 반대 증거만 쌓다 보면 '혹시 잘못 선택하면 어쩌지?' 하는 불안이 커지고, 그 불안이 다시 결정을 막는다.

특히 시간이 촉박해지면 일이 더 꼬인다. 미루다가 갑자기 결정하려면 허둥지둥하게 되는데, 이때 **과잉 경계** hypervigilance[3] 반응이 나타날 수 있다. 과잉 경계는 위험을 놓치지 않기 위해 지나치게 예민해진 상태를 말한다. 마음이 급하고 산만해지고 모든 정보를 허겁지겁 훑기만 한다. 비교할 정보는 많지만 깊이 생각할 시간이 없다 보니 결정 직전에 갑자기 스스로도 이해하지 못할 선택을 해버리기도 한다. 실수를 피하려고 시간을 끌었는데, 정작 마지막 순간에는 '신중하게 고르는 힘'이 제대로 작동하지 않는 것이다. 결국 마지막에 불안만 극대화된 채 가장 원치 않던 방식으로 끝나기도 한다.

　생각을 많이 하고 결정의 시간이 다가올수록, 오히려 감정적인 결정을 하게 되는 이유도 여기에 있다. 사람의 판단은 일정 수준까지는 도움이 되지만, 비교가 많아질수록 이성은 처리 한계에 가까워진다. 이 지점에 도달하면 **감정 휴리스틱**affect heuristic[4]이 작동하기 시작한다. 선택이 너무 복잡해서 더 이상 따져보기 어려워질 때 사람은 감정에 기대어 결정을 내리게 된다. 예를 들어, 아이 유모차를 고르다가 이른바 '유모차·카시트 늪'에 빠지는 경우가 있다. 후기 글을 수십 개 읽고 영상까지 여러 개 보고 나면 어느 순간 머릿속이 복잡해지며 '그냥 사람들이 제일 많이 사는 거 사자' 하며 창을 닫아버리게 된다. 정보가 쌓이는 속도가 정리의 속도를 앞지르면, 사람들은 이렇게 '에라 모르겠다' 하는 식의 결정을 하게 된다.

# 불공정성에 대한 뇌의 반응



통장에 100만 원의 성과급이 들어왔다. 그런데 기분이 좋지 않다. 동료가 나보다 100만 원을 더 받았다는 소식을 들었기 때문이다. 회사의 등급 총량제 구조는 알고 있었다. 팀 전체가 성과를 잘 냈어도 인사 규정상 누군가는 낮은 등급을 받아야 한다는 것도 이해하고 있었다. 하지만 1년 내내 "우리 팀 파이팅!"을 외치며 함께 고생했는데, 보상의 순간에 '너와 나는 등급이 다르다'는 통보를 받으니 팀워크가 비즈니스적인 연기처럼 느껴진다. 평가 면담에서 팀장이 "잘했는데 티오가 없어서…"라고 말했을 때 오히려 더 허탈했다. 함께 고생해 놓고 뒤통수를 맞은 기분이 든다. 그 순간 마음속에서는 조용한 결론이 내려진다. 이제부터는 받은 만큼만 일하겠다고. 그렇게 '조용한 사직'이 시작된다.

사람은 타인의 불공평함에 유난히 민감하다. 이 특성은 심리학의 유명한 최후통첩 게임 연구에서도 잘 나타난다. 이 실험은 사람들이 돈을 나누는 상황에서 얼마나 합리적으로 행동하는지를 보기 위해 고안되었다. 최근 연구에서는 fMRI 같은 뇌 영상 기법을 활용해 사람들이 판단을 내릴 때 뇌에서 실제로 어떤 일이 벌어지는지를 살펴본다.

참여자들은 뇌 영상 장비에 누운 채 화면으로 제시되는 조건을 보고 결정을 내린다. 예를 들어서 10달러를 어떻게 나눌지 상대가 제안하고,[5] 나는 그 제안을 수락할지 거절할지를 선택해야 한다. 수락하면 제안된 대로 돈을 나누고, 거절하면 두 사람 모두 0원이다.

사람들은 5:5처럼 공정한 제안은 대부분 수락했다. 그러나 9:1이나 8:2처럼 노골적으로 불공평한 제안 앞에서는, 많은 사람들이 손해를 감수하고라서도 거절을 택했다. 1~2달러를 받느니 차라리 아무도 못 받게 하겠다는 선택이다.

경제 논리로만 보면 이해하기 어렵다. 1달러든 1원이든 일단 받는 게 이득이다. 그런데 불공평한 대우를 받는 순간 뇌에서는 두 가지 상반된 신호가 동시에 강하게 켜진다. 하나는 혐오, 분노, 불쾌감과 관련된 신호이다. '이건 받아들일

 나는 왜 결정이 두려운가

수 없다’는 즉각적인 감정 반응에 해당한다. 동시에 이득과 손실을 계산하는 신호도 활성화된다. ‘기분은 나쁘지만 그래도 받는 게 낫지 않을까’라는 판단이 이어지는 것이다.

그렇다면 최종 결정은 어떻게 내려질까? 아주 단순하게도 두 신호 중 더 강한 쪽이 이긴다. 감정적 반발심이 더 강하면 거절하고, 이해득실을 따지는 계산이 우세하면 수락한다. 흥미로운 점은, 같은 불공평한 제안이라도 컴퓨터가 제시하면 사람들은 상대적으로 덜 불쾌해한다는 것이다. 손해 그 자체보다, 그 ‘사람’이 의도적으로 나를 불공평하게 대했다는 느낌이 훨씬 더 큰 자극이 된다.

사람들은 9:1이나 8:2의 분배를 손해가 아니라 ‘모욕’으로 느낀다. 그래서 ‘나도 못 받지만 너도 못 받게 하겠다’는 징벌적 거절을 선택한다. 이런 거절을 통해 상대에게 손해를 입히면 돈을 받는 것과 비슷한 쾌감이 느껴진다.

인류는 오랜 시간 무리 생활을 해왔다. 불공평한 분배를 일삼는 구성원을 그대로 두면 집단이 쉽게 무너진다. 이런 위험은 정서적으로 각인되어, 불공평한 분배가 곧 관계의 위협, 생존의 위협으로 뇌에 새겨졌다. 그리고 이 오래된 규칙은 지금도 여전히 작동한다.

　여러 뇌 영상 연구들을 종합한 메타 분석[6]에 의하면, 사람들이 감정을 억누르고 이성적으로 받아들이는 심리적 마지노선은 대략 6:4다. 전체의 40% 이상을 받는다고 느끼면 약간 손해 같아도 수용한다. 하지만 내 몫이 30% 이하로 내려가면 사람들은 손해를 감수하면서 감정적인 거부권을 행사한다. 그 순간에는 '손해냐 이득이냐'가 아니라 '존중받았는가'가 기준이 된다.

　합리성에도 한계선이 있다. 감정을 넘어서 이성적으로 판단하려면, 감정과 이성의 균형이 최소한 6:4는 되어야 한다. **이성의 언어로 납득 가능한 설명이 적어도 40%는 필요하다는 뜻이다.**

# 감정이 의사 결정 기능에
# 미치는 영향

엘리엇이라는 남성이 있었다. 그는 뇌에서 종양이 발견되어 전두엽 일부를 제거하는 큰 수술을 받았다. 수술 이후에도 지능, 기억력, 언어 능력은 매우 우수했다. 논리적 추론에도 문제가 없었다. 종이에 문제를 주면 언제나 정확하고 합리적인 답을 내놓았다.

그런데 생활은 다른 방향으로 흘렀다. 그는 아주 사소한 선택조차 하지 못했다. 약속 시간을 정하지 못했고, 펜을 고르거나 점심 메뉴를 선택하는 데도 지나치게 오래 걸렸다. 모든 대안의 장단점을 논리적으로는 완벽히 분석했지만, 어떤 서류를 먼저 처리할지, 회사를 옮길지 말지를 끝없이 고민할 뿐 결론을 내리지 못했다. 그런데 놀랍게도 그는 불안해하지도, 초조해하지도 않았다.

안타깝게도 수술 과정에서 감정이 이성에 개입하는 통로, 즉 '어느 것이 나에게 더 가치 있는지'를 알려주는 감정적 신호 체계가 손상된 것이다. 결국 그는 반복적으로 부적절한 선택을 했고, 해고를 당했고, 이혼했고, 친구들과도 멀어졌다. 판단에 감정이 끼어들지 못하자, 계산은 계속되는데 결론을 내리지 못했고 그 여파가 삶 전반으로 번졌다.

신경과학자 안토니오 다마지오Antonio Damasio는 저서 『데카르트의 오류』[7]에서 이 사례를 통해 감정과 이성에 대한 중요한 시사점을 남겼다. 감정은 이성을 흐리는 소음처럼 취급되곤 하지만, 실제로는 무엇이 더 중요한가를 표시해 주는 신호 체계로 기능한다는 점이다.

우리는 오래도록 중요한 결정일수록 감정을 배제하고, 차분하게, 논리적으로 생각해야 한다고 배워왔다. 데카르트의 "나는 생각한다. 고로 존재한다"라는 문장도 인간을 이성적 존재로 규정한다. 하지만 엘리엇의 사례는 우리의 생각과는 사뭇 다르다. 감정이 없으면 이성은 끝없이 계산만 할 뿐 결정을 내릴 기준을 얻지 못한다.

우리가 흔히 말하는 머리로는 알겠는데, 가슴이 안 따라온다는 상태는, 머리는 이미 답을 알고 있지만 감정이 그 답

 나는 왜 결정이 두려운가

을 '선택할 가치가 있다'고 승인해 주지 않은 상태다. 결정은 머리에서만 끝나지 않고, 가슴이 '그래, 그쪽으로 가자'라고 고개를 끄덕일 때 비로소 행동으로 이어진다. 그래서 중요한 선택일수록, 가슴이 어느 정도 따라오는지를 확인해야 한다.

여기서 살펴볼 점은 감정이 '얼마나 크게 울리느냐'이다. 앞서 나왔던 성과급 이야기로 돌아가서, 만약 보상 결과가 조금 아쉬운 정도라면 그 일을 흘려보낼 수 있다. 조직 생활 전체를 흔들 신호는 아니기 때문이다. 하지만 '불공정하다'는 감정이 강하게 올라왔다면, 그 관계나 업무 방식 어딘가에 조정이 필요하다는 의미이다. 감정은 이유 없이 튀어나오지 않는다. 대충 덮어둘수록 나중에 '조용한 사직'이나 더 큰 갈등으로 나타나기도 한다.

다만 감정을 담당하는 시스템은 다소 호들갑스럽다. 위험을 놓치지 않기 위해 작은 불편에도 크게 울리는 경보 장치이다. 그래서 이 신호를 곧바로 행동으로 옮기기보다는, 시간을 조금 벌 필요가 있다. 이럴 때는 속으로 '아, 내 마음이 지금 이렇게 반응하고 있구나'라고 말하며 반응을 잠시 보류하는 게 좋다. 감정을 담당하는 편도체는 매우 빠르고, 이성을 담당하는 전두엽은 한 박자 늦기 때문이다. 시간을 벌지 않으면 납득하기 어려운 보상을 제시한 팀장에게 "이럴 거면 왜 같이 고생했습니까?"라며 날 선 막말이 튀어나오기 쉽다.

그다음이 선택의 영역이다. 감정은 방향을 알려주는 신호일 뿐 행동을 결정하는 건 결국 나 자신이다. 감정을 없애려 하지 말고, 감정과 이성이 역할을 나눠 협력하게 하면 된다. 어떤 선택을 해도 정답일 수 있다. 다만 나중에 곱씹어도 스스로를 괴롭히지 않을 선택이면 좋다.

충동적으로 막말을 하면 그 순간은 통쾌할 수 있다. 하지만 시간이 지나면 '내가 왜 그렇게까지 했을까'라는 찝찝함이 남는다. 다른 선택지도 있다. 아무 말도 하지 않고, 앞으로 이 조직에 베푸는 배려와 업무 에너지의 강도를 줄일 수도 있다. "그렇게 말씀하시니 서운함이 듭니다"라고 감정을 직접 표현하거나, 혹은 "적어도 제 기여도가 이 정도는 인정받아야 한다고 생각합니다"라며 조심스럽게 재협상을 시도할 수도 있다. 상대가 얼마나 불공정했는지를 따지기보다 이 상황에서 내가 어떤 행동을 선택할지를 정하면 된다.

　　　　　　　　나는 왜 결정이 두려운가

여기에 또 하나의 현실적인 문제가 있을 수 있다. 이렇게 마음을 정리하려 해도 감정이 쉽게 가라앉지 않는 경우가 많다는 점이다. 생각할수록 화가 커지고 고민할수록 불안이 증폭된다. 머리로는 차분해지자고 하지만 감정이 너무 앞서는 순간들이 있다. 그래서 우리는 결국 **감정 조절**을 배워야 한다.

# 부정적 생각의
# 되새김질을 멈추는 법

감정 조절을 잘하는 방법은 우리가 자주 하는 말 속에 정답이 있다. "생각할수록 괘씸하다" "생각할수록 서운하다"라는 말의 공통점, 바로 '생각할수록'이다. 실제로 화를 키우는 데는 특정한 생각 방식이 있다. 가만히 두면 사라질 감정을 생각으로 계속 되살리는 것이다.

'화를 풀어야 속이 시원해진다'는 믿음과 관련해서, 심리학계에서 꽤 충격적인 연구 결과가 있다.[8] 과학을 위해서라면 사람을 화나게 만드는 것도 마다하지 않는, 용감한 심리학자들이 실험을 하나 고안했다. 먼저 참가자들에게 사회적으로 민감한 주제에 대해 에세이를 쓰게 한 뒤 의도적으로 이렇게 피드백을 준다. "이건 내가 읽어본 것 중 최악이다."

그리고 참가자들을 세 집단으로 나눈다. 첫 번째 집단은



나는 왜 결정이 두려운가

분노를 유발한 사람을 떠올리며 샌드백을 치게 한다. 두 번째 집단은 분노와 무관하게, 단순한 운동이라고 설명한 뒤 샌드백을 치게 한다. 세 번째 집단은 아무 활동도 하지 않고 조용히 앉아 있게 한다.

그 다음, 참가자들에게 '반응 속도 경쟁 게임'을 시킨다. 상대보다 빨리 버튼을 누르면 이기고, 이긴 사람이 진 사람에게 소음 벌칙을 주는 것인데, 이 소음은 점수를 올리거나 보상을 얻는 기능이 전혀 없고 오직 상대를 불쾌하게 만들기 위한 자극이다. 그래서 심리학 연구에서는 이 과제를 공격성 측정에 자주 사용한다. 소음의 크기(데시벨)는 상대에게 가하고 싶은 고통의 강도를, 소음의 지속 시간은 상대를 얼마나 오래 벌주고 싶은지를 의미한다. 즉, 소음이 크고 길수록 공격성이 높다고 해석할 수 있다.

연구 결과는 당황스러웠다. 앞서 분노를 유발한 상대를 떠올리며 샌드백을 쳤던 집단이 다른 두 집단에 비해 압도적으로 더 크고 더 긴 소음을 선택한 것이다. 화를 내뱉고 나면 속이 후련해질 것 같지만, 실제로는 화의 대상을 떠올린 채 물리적 행동을 하는 것이 뇌의 분노 회로를 더 강화시킨 셈이었다. 즉, 우리가 분노를 '풀기 위해' 화를 곱씹는 행위는 실제로는 감정을 해소하기는커녕 공격성을 증폭시킬 수 있음을 보여준다.

이처럼 부정적인 생각을 반복적으로 곱씹는 것을 심리학에서는 반추rumination라고 한다. 소가 이미 삼킨 여물을 다시 입으로 올려 되새김질하듯, 이미 끝난 상황과 감정을 머릿속에서 반복 재생하는 것이다. 새로운 정보는 추가되지 않고, 했던 생각을 하고 또 한다. 반추가 분노와 우울을 심화시킨다는 것은 이제 거의 정설에 가깝다. 그러니까 "생각할수록 화가 난다"라는 말은 기분 탓이 아니라 실제로 벌어지는 심리적 과정이다.

반추는 대개 저절로 꺼지지 않는다. **의도적으로 끊어야 한**다. 그리고 반추를 멈추는 가장 효과적인 방법은, 머릿속에서 같은 자리로 다시 돌아가 설득전을 벌이지 않는 것이다. 대부분 우리는 이렇게 대응한다. 왜 이렇게 화가 났는지 분석하고, 납득하려 하고, 의미를 붙인다. 그런데 이상하게도 그럴수록 생각은 더 증폭된다. 그래서 반추를 멈출 때는, 생각 속으로 더 깊이 들어가기보다 주의를 바깥으로 돌리는 것이 훨씬 낫다.

　　　　　나는 왜 결정이 두려운가

주변을 살피고, 몸을 조금 움직이고, 시선을 바꾸는 것만으로도 머릿속이 환기된다. 메타Meta의 CEO 마크 저커버그도 인터뷰에서 비슷한 이야기를 한 적이 있다. 머리가 너무 복잡할수록 생각을 멈출 수 있는 활동이 필요해 서핑을 한다는 것이다. 파도 위에서 균형을 잡고 속도를 내는 동안에는 다른 생각을 할 여지가 없다는 말이다. 즉, **생각이 자동으로 꺼지는 상태**를 만드는 활동이다. 그런 의미에서 한 발로 균형 잡기 같은 동작도 반추를 멈추는 데 도움이 된다. 몸의 균형을 유지하느라 뇌의 자원이 그쪽으로 이동하기 때문이다.

물론 화가 났다고 해서 길을 걷다가 갑자기 한 발 서기를 할 수는 없다. 이런 상황에서는 **오감을 깨우는 방식**이 현실적이다. 지금 들리는 소리에 집중하기, 공기의 온도나 피부에 닿는 감각 느끼기, 주변에서 특정한 색 하나를 찾아보기 같은 간단한 감각 전환만으로도 충분하다. 이런 행동들은 감정의 강도를 낮추는 역할을 한다. 생각에서 빠져나오려면, 생각을 붙잡고 씨름하지 말고 **주의를 밖으로 돌려야 한다.**

감정은 무엇이 중요한지를 알려주는 **방향 신호이다.** 감정이 너무 강해지면 시야가 좁아지고 반응이 급해진다. 그래서 감정을 진정시키는 목적은, 감정을 없애기 위함이 아니라 행동할 시간을 벌기 위함이다.

이성은 감정을 억누르는 도구가 아니다. 감정이 알려준 방향을 어떻게 구현할지 설계하는 역할을 한다. 감정이 '여기가 문제다'라고 말해주면, 이성은 '그럼 나는 어떻게 반응할까'를 결정한다. 이 둘이 협력할 때, 우리는 가장 후회가 적은 선택을 하게 된다. 감정과 이성의 관계는 경쟁이 아니라 협력 관계다.

# 결정 후 후회를 많이 하는
# 사람의 특징

최근에 구매한 물건 중 가장 비싼 것을 하나 떠올려보자. 가전제품일 수도 있고, 옷이나 가구일 수도 있다. 그 물건을 떠올리면 만족이 먼저 드는가, 후회가 먼저 드는가? 만약 후회가 잦은 편이라면, 선택 이후의 생각 방식을 점검해 볼 필요가 있다.

연구에 의하면, 결정을 내린 뒤 유독 후회를 많이 하는 사람들에게는 공통적인 특징이 있다. 결정 이후에 '만약 ~했더라면 더 좋았을 텐데'라는 생각을 자주 한다는 점이다. 이를 **'상향적 사후 가정 사고'**[9]라고 부른다. 이미 선택은 끝났지만, 현실보다 더 나은 가상의 상태를 계속 떠올리는 인지적 과정이다. 이렇게 끝난 일에 대해 머릿속에서 더 좋은 결과를 반복해서 만들어낼수록 후회와 자책, 불만족이 커지기 쉽다.

물론 이 사고방식이 항상 나쁜 것은 아니다. 원래 상향적 사후 가정 사고는 '다음에는 이렇게 해야지'라는 대비책을 세우고, 이후의 선택을 개선하도록 돕는 학습 기능을 한다. 다만 **선택이 끝난 뒤에도 이 생각이 계속 돌아가면 학습보다는 반추가 된다.**

후회는 '무엇을 선택했는가'만으로 결정되지 않는다. 선택 이후에 다른 대안을 얼마나 자주 상상하는지, 그리고 실제 결과와 '더 나았을 가능성'을 얼마나 반복해서 떠올리는지가 후회의 크기를 좌우한다. 선택하지 않은 다른 대안을 골랐을 때의 상황을 자주 상상하고, 놓친 가능성을 계속 비교하면 미련이 남는다. 즉, 비교와 시뮬레이션이 후회를 키운다.

이미 끝난 일이라면, '하향적 사후 가정 사고'가 도움이 된다. 이는 '만약 ~했더라면 더 나쁜 상황이 벌어질 수도 있었어'라고 실제보다 더 나쁜 가상의 결과를 떠올리는 것이다. 이 사고방식은 보통 안도감과 상대적 만족감을 준다. 현재의 상황이 만족스럽지 않더라도 '더 나빠질 수 있었는데 이 정도면 괜찮다'는 관점을 만들어 정서적 위안을 얻는 기제로 작동한다.

상향적 사고가 자책과 미련을 만든다면, 하향적 사고는

감사와 안정감을 만든다. 더 나빴을 가능성을 떠올리면서 현재를 받아들이게 하는 것이다. 이미 결정을 내렸고 되돌릴 수 없다면, 하향적 사고로 자신의 만족감을 보호할 필요가 있다.

후회 없는 선택은 늘 최선을 선택했다는 확신에서 나오기보다는, 선택 이후에 생각이 어디에 오래 머무를지를 스스로 조절하는 데 달려 있다.

# 번지점프 이론
## : 선택한 후에야 감정이 보인다

우리는 보통 감정을 충분히 정리한 다음에 결정을 내려야 한다고 생각한다. 완전히 확신이 들 때까지 기다려야 안전하다고 믿는다. 하지만 실제로는 결정한 뒤에야 비로소 내 마음이 보이는 경우가 많다. 하다못해 짜장면이냐 짬뽕이냐를 결정할 때도 그렇다. 머릿속에서 아무리 장단점을 따져봐야 막상 먹어보기 전까지는 그날 내 몸이 무엇을 원하는지 정확히 알기 어렵다. 국물을 한 숟갈 뜨고 나서야 '오늘은 이게 맞네' 혹은 '괜히 시켰다'는 감정이 분명해진다.

필요를 먼저 알고 고를 수 있다면 참 좋겠지만, 많은 경우 우리는 골라보고 나서야 내가 무엇을 필요로 했는지를 알게 된다. 그래서 심리학에서는 의사 결정을 단발적인 선택이 아니라 하나의 과정으로 설명한다. 적당히 납득 가능한 선

    나는 왜 결정이 두려운가

에서 결론을 내려보고, 그다음에 조정하는 흐름이 자연스럽다는 뜻이다. 짜장면을 먹고 나서 짬뽕 국물이 떠올랐다면, 다음에는 짬뽕을 고르면 된다. 그날의 선택이 틀렸기 때문이 아니라 그 선택 덕분에 내가 조금 더 정확해진 것이다.

고민이 깊을수록 내 감정을 100% 설득하려고 애쓰게 된다. 하지만 그럴 필요는 없다. 이성적인 설명이 40% 정도만 가능해도 결정은 충분히 가능하다. 감정은 상황과 맥락의 영향을 많이 받는다. 머릿속에서 아무리 시뮬레이션을 돌려도 실제로 선택한 뒤에 올라오는 감정까지 계산되지는 않는다.

그래서 '선택 이전'보다 '선택 이후'에 나의 대처가 중요할 수 있다. 결정을 해봤는데 분명히 아니라는 감정이 든다면, 바꿀 수 있으면 바꾸면 된다. 조정이 가능할 때 수정하는 것은 실패가 아니다. 정보가 업데이트된 결과일 뿐이다.

만약 바꿀 수 없는 선택이라면, 그때부터는 생각의 방향을 조금 달리 잡아야 한다. '다른 선택을 했더라면 더 좋았을 텐데'라는 상향적 비교 대신 '이보다 더 나빴을 수도 있다', '지금 조건에서 내가 할 수 있는 최선은 무엇인가'로 생각의 초점을 옮겨야 한다. 이것이 하향적 사후 가정 사고가 필요한 이유이다.

의사 결정이란 감정과 이성이 협력하는 과정이다. 그리고 그 둘이 서로에게 휘둘리지 않도록 속도와 방향을 조절해가며 나아가는 일이다. 감정은 **뛰어내릴 방향을 알려주고, 이성은 착지하는 방법을 고민한다.** 선택은 번지점프와 닮아 있다. 뛰어내려 봐야 비로소 내가 감당할 수 있는지 알 수 있다.

선택을 잘한다는 것은 항상 옳은 답을 고르는 능력이라기보다는 마음을 다루는 순서를 아는 쪽에 더 가깝다. 감정과 이성이 각각의 역할을 하도록 자리를 배치하고, 선택 이후에도 자신을 과도하게 몰아붙이지 않는 태도를 갖는 것이다. 감정은 신호로 남겨두고, 이성은 조정의 도구로 쓰는 식으로 둘의 자리를 지키게 하면, 우리는 결정 앞에서 조금 덜 흔들리고, 선택 이후에도 조금 더 단단해질 수 있다.

 나는 왜 결정이 두려운가

# 선택 전 감정 정리 질문 세 가지

이 질문의 목적은 현재 당신의 심리 상태가 합리적인 의사 결정을 내리기에 적합한지, 혹은 잠시 멈춰 서서 정서적 평정을 회복해야 하는 상태인지를 진단하는 데 있습니다.

Q1. 이 선택을 이성적으로 40% 정도는 설명할 수 있는가?

지금 선택에 대해서 완벽한 이유를 대지 못해도 괜찮습니다. 다만 내가 스스로에게 40% 정도는 설득이 되는지가 기준입니다. 어차피 결정하고 나야 진짜 내 마음을 아는 경우가 대부분입니다.

Q2. 선택한 다음에 조정할 기회가 있는가?

선택 앞에서 불안해지는 이유는 되돌릴 수 없는 점프처럼 느껴지기 때문입니다. 하지만 선택은 결과에 따라 방향과 속도를 바꿀 수 있는 '연속적인 과정'입니다. 마음에 안 들면 바꿀 수 있는지, 최악의 경우 복구 가능한지 생각해 보세요. 조정 가능성이 있다면 결단이 아니라 '시도'에 해당합니다.

Q3. 지금 선택하면 감정적으로 행동할 것 같은가?

지금 화가 난 상태는 아닌지, 불안하거나 억울해서 빨리 결론을 내고 싶은 건 아닌지, 나중에 '왜 그랬지?'라고 할 만한 행동을 하려는 건 아닌지 생각해 보세요. 지금 감정의 강도가 너무 세서 충동적으로 결정할 것 같다면 감정을 진정시키는 것이 먼저입니다. 이렇게 판단할 수 있다면, 그 자체로 이미 감정 조절에 한 걸음 다가선 셈입니다.

# 3장.
# 관계의 선택

연결되고 싶지만
홀로 있고 싶은 마음

# 관계에는 왜
# 정답이 없을까

코로나 이후 우리는 관계의 방식을 급격하게 바꾸어 왔다. 회의는 화면으로 옮겨 갔고, 보고서는 메시지로 대체되었으며, 협업은 문서 안에서 이루어진다. 직접 얼굴을 마주하지 않아도 웬만한 일은 모두 해결할 수 있다는 사실을, 우리는 아주 빠른 속도로 배웠다.

디자인 회사에 다니는 한 지인은 이렇게 말한다. "같은 사무실에 있어도 회의는 줌으로 해요. 그냥 각자 일만 하면 되니까요." 듣고 있으면 고개가 끄덕여진다. 감정 소모가 줄어들고, 불필요한 눈치를 보지 않아도 된다. 나에게 가장 편한 환경에서, 내 일에만 집중하면 된다.

그런데 가끔 이런 생각도 든다. 그러면 우리는 왜 굳이 같은 공간에 모여 있는 걸까. 같이 있다는 게 단지 '물리적 배치'만은 아니라면, 그 안에서 우리가 기대하는 것은 무엇일까?

사회는 점점 '필요할 때만 연결되는 구조'로 바뀌고 있다. 대면 관계는 줄어들고, 관계는 마치 꺼냈다 넣었다 할 수 있는 도구처럼 취급된다. 하지만 이상하게도, 불편함을 피하려고 혼자를 선택했는데 그 끝이 늘 해방감으로만 이어지지는 않는다. 어느 순간, 다시 외로움이 고개를 든다. 편해졌는데 허전하고, 덜 부딪치는데 더 공허하다. 관계는 이 모순을 품고 굴러간다.

여기서 잠깐, 이 전제를 먼저 짚고 가자. 인간은 관계가 없어도 잘 버티도록 만들어진 존재가 아니다. 혼자서도 살아갈 수는 있지만, 마음의 안정은 대체로 '어딘가에 속해 있다'는 감각과 함께 온다. 심리학에서는 이를 '소속감의 욕구need to belong'라는 기본 동기로 설명해 왔다.[10] 그래서 관계가 줄어들면 편해지기도 하지만, 동시에 허전해지는 것도 아주 자연스러운 반응이다.

인간의 마음에는 원래 두 가지 힘이 동시에 작동한다. 다가가려는 마음과 물러서려는 마음이다. 심리학에서는 이를 '접근-회피 갈등approach-avoidance conflict'이라고 부른다. 누군가를 좋아하면서도 부담스럽고, 가까워지고 싶으면서도 나를 지키고 싶은 마음.

우리는 늘 이 두 힘 사이에서 줄다리기를 한다. 그리고 그 줄다리기가 가장 치열하게 벌어지는 장소가 바로 '관계'이다. 관계에서 흔들린다고 해서 나약한 것이 아니다. 두 마음이 동시에 켜지는 일이 흔한 것, 그게 오히려 자연스러운 모습이다.


이 장의 목표는 관계의 정답을 찾는 데 있지 않다. 관계 속에서 덜 닳고, 덜 지치면서도 필요한 만큼은 연결되는 방식이 무엇인지 살펴보려는 것이다.

자기 결정성 이론self-determination theory은 인간에게 자율성autonomy과 관계성relatedness이라는 기본 욕구가 존재한다고 말한다.[11] 그러니 가까워졌다가 다시 멀어지고 싶어지는 것은 변덕이 아니라, 자율성과 관계성이 번갈아 앞으로 나오며 균형을 잡으려는 과정이다.

# 관계를 위한
# '정서적 거리' 감각

하루 종일 회의와 연락에 시달린 뒤 집에 돌아와 침대에 눕는다. 누구의 눈치도 보지 않고, 나만의 공간에서 보내는 시간, 과자를 먹으며 밀린 영상을 보는 이 순간은 분명 휴식이다. 그런데 이 편안함이 조금 지나고 나면 설명하기 어려운 공허감이 스며든다. 누군가와 이 시간을 나눌 수 있었다면 덜 외로웠을까? 분명 혼자 있고 싶어서 선택한 시간인데, 정말 혼자인 건 또 싫다.

이 상반된 감정은 이상하지 않다. 인간은 고독과 연결을 동시에 필요로 한다. 혼자 있고 싶은 마음과 누군가와 이어지고 싶은 마음은 서로를 부정하지 않는다. 둘 중 하나가 사라졌다기보다 그날그날 앞자리에 앉는 마음이 달라질 뿐이다.

최근 연구들 역시 '혼자 있는 시간'을 무조건 부정적으로 보지 않는다. 일상의 고독은 스트레스를 낮추고 자율성을 회복하는 데 도움이 될 수 있다. 다만 그 효과는 혼자 있는 시간의 양과 맥락에 따라 달라진다.[12] 회복을 위한 고독은 도움이 되지만, 연결이 완전히 끊어지면 허전함은 커진다.


## 자극이 사라진 자리에 공허함이 남는다


주말 내내 집에서 콘텐츠를 몰아보다가 마지막 화면이 꺼지는 순간 갑자기 심심함이 몰려온다. 화면이 꺼지면 소리도 꺼지고, 웃음도 꺼지고, 그동안 잠깐 숨을 죽이고 있던 마음이 다시 고개를 든다. '이제 뭐 하지?'라는 질문이 아니라 '나지금 누구랑 연결돼 있지?'라는 질문이다.

분명 쉬고 싶어서 내린 선택이었다. 사람도 보고 싶지 않고 약속도 잡고 싶지 않았다. 그래서 집에 있는 게 맞았다. 그런데 SNS를 열어보니 친구들의 스토리가 하나둘 올라온다. 맛있는 음식, 떠들썩한 분위기의 사진들을 보는 순간 마음이 살짝 흔들린다. '아, 날씨도 좋은데 그냥 나갈 걸 그랬나?' 혼자 있고 싶어서 집에 있기를 택했는데, 이 시간을 누군가와 공유하고 싶어진다. 외로워서일까?

꼭 그런 건 아니다. 외로움이라는 단어는 지금의 상태를 너무 성급하게 규정해버린다. 지금 마음은 '사람이 그립다'가 아니다. 잠깐 사람으로부터 거리를 두고 쉬고 있는 상태였다가 쉬고 나니 다시 연결 쪽으로 마음이 살짝 기운 것일 뿐이다.


여기서 SNS는 '연결'처럼 보이지만 때로는 연결감을 깎아먹는 방식으로 작동하기도 한다. 예를 들어, 하루에 여러 번 측정하는 경험 표집 연구에서 페이스북 사용이 많을수록 순간 기분이 가라앉는 경향이 관찰되었다.[13] 물론 이 연구 하나만으로 인과를 단정할 수는 없다. 다만, '스크롤을 많이 내릴수록 마음이 더 허해지는 느낌'이 단지 기분 탓만은 아닐 수 있다는 힌트는 준다.

보고 있던 넷플릭스 시리즈가 너무 재미있을 때는 외로울 틈이 없다. 반나절이 순식간에 지나간다. 머릿속은 화면으로 가득 차 있고 마음은 다음 회를 기다리느라 바쁘다. 그런데 마지막 회를 보고 나서 다음에 뭘 볼지 찾느라 스크롤을 내리다가 '볼 게 없네' 하고 느끼는 순간, 갑자기 심심함과 허전함이 몰려온다. 마치 파도가 빠져나가고 난 뒤 해변에 남는 넓은 공백처럼.

이 감정은 관계의 결핍만으로 설명되진 않는다. 혼자 있기로 선택했을 때 마음속에서는 '자극 과부하'에 대한 신호가 일어난다. 즉, 마음은 관계에서 거리를 두어 자극의 강도를 낮추는 쪽을 선택한다. 사람과의 대화, 반응, 신경 써야 하는 표정과 분위기에서 잠깐 벗어나 쉬려는 것이다. 말하자면 마음이 스스로에게 '잠깐만, 숨 좀 쉬자'라고 말하는 순간이다.

이는 심리학에서 말하는 '자극 회피 기반 정서 조절avoidance-based emotion regulation'이다. 지금의 피로를 낮추기 위해 사람, 대화, 반응과 같은 자극을 잠시 줄이는 전략이다. 그러니까 혼자 있고 싶어지는 건 차가워져서가 아니라 과열된 마음을 식히려는 조절 반응일 때가 많다.

그래서 이 자극을 줄이기 위한 조절 방식이 끝난 후에도 연결 욕구는 여전히 남아 있다. 혼자 있고 싶다는 마음은 관계 욕구가 사라졌다는 뜻이라기보다 정서 자극을 줄이려는 시도에 가깝다. 우리가 혼자 있을지, 함께할지를 택하는 건 '연결을 끊을 거냐 말 거냐'의 문제가 아니다. 관계는 오늘의

　　　　　나는 왜 결정이 두려운가

내 마음에 맞는 온도를 맞추며 '어떤 방식으로, 얼마나' 연결할지를 조정하는 일이다.

그래서 외롭지만 다시 사람을 만나기엔 아직 부담스럽고, 헛헛하지만 그렇다고 이 평안함을 깨고 싶진 않은 것이다. 혼자 있고 싶지만 외로운 상태는 연결을 포기하거나 갈망하는 게 아니라, 어떻게, 누구와 연결할지를 조율하고 있는 단계이다. 이럴 때 마음은 대개 '조금만'을 원한다. 아주 깊은 만남이 아니라 부담 없는 온기, 길고 진한 대화가 아니라 짧고 안전한 접촉.

외로움은 결핍의 낙인이 아니다. 미처 채워지지 못한, 그러나 아주 자연스러운 욕구의 흔적이다. **배고픔이 나약함이 아니듯 외로움도 결함이 아니다.** 단지 '연결이 필요하다'는 신호이다. 때론 아주 작은 연결이면 충분하다.

**'연결'은 종종 '조절'이라는 단어와 같이 온다**

이번엔 친구들과 여행 갔을 때를 떠올려보자. 3일 내내 함께 있는 시간은 분명 즐겁다. 그런데 어느 순간, 반나절쯤은 혼자 있고 싶다는 생각이 든다. 아주 가까운 사람들과 있어도 마음엔 혼자만의 산책 시간이 필요하다.

다음번엔 꼭 혼자 여행을 가봐야지 싶다. 내가 먹고 싶은 걸 먹고, 가고 싶은 곳으로 발길을 옮기는 자유를 만끽하리라. 하지만 막상 혼자 맛있는 음식을 먹다 보면 이 느낌을 공유할 사람이 없어 또다시 외로워진다. 그래서 괜히 휴대폰을 꺼내 사진을 찍고 단톡방에 올려본다. "이거 봐. 나 여기 왔어." 그 한 문장은 어쩌면 '나 괜찮아'이기도 하고, '나 아직 연결돼 있어'이기도 하다.

그렇다고 24시간 누군가와 붙어 있고 싶은 건 아니다. 우리는 완전한 고립도, 완전한 밀착도 원하지 않는다. 적당한 거리 안에서 연결되고 싶어 한다. 마음이 버틸 수 있는 거리를 남겨둔 채로 관계의 온기를 놓치지 않는 것, 그게 현실적인 목표이다.

이 대목에서 안심해야 할 말이 하나 있다. '연결'은 꼭 깊고 진한 관계만을 뜻하지 않는다. '약한 연결weak ties'도 우리를 살린다. 사회학자 그라노베터Granovetter[14]는 약한 연결이 오히려 새로운 정보와 기회를 가져다주는 통로가 될 수 있다고 설명했다. 즉, 늘 베프best friend를 만나야만 회복되는 게

　　　　　　나는 왜 결정이 두려운가

아니다. "오랜만이에요" 한 마디, "요즘 어때?" 한 줄, 짧은 대화 한 번도 충분히 연결이다.

가끔은 깊은 대화보다 가벼운 안부가 더 오래 마음을 지탱해 준다. 누구에게나 자신이 감당하며 이어갈 수 있는 관계의 범위가 있다. 모든 관계에 최대치의 에너지를 쏟으려 하면 마음이 먼저 닳아버린다. 관계에도 숨이 필요하다. 그래서일까. 예상하지 못한 사람에게서 온 짧은 안부 한 통이 생각보다 오래 마음에 남는다. 경조사만 챙기는 사이든 업무로만 연결된 관계든 그것 또한 우리를 지탱하는 하나의 연결이다.

## 내향적인 사람과 외향적인 사람

고독에도 체질이 있다. 누군가는 잠깐의 휴식만으로 다시 관계 속으로 뛰어들고 싶은 반면, 누군가는 한번 소진된 에너지를 보충하려면 주말 내내 집에 있어야 한다. 둘 중 어떤 성향이든 옳고 그른 것은 없다. 다만 회복의 리듬이 다를 뿐이다.

마음의 여유가 있을 때는 연결을 원하고, 그렇지 않을 때는 회복의 시간이 필요하다. 중요한 건 '난 원래 이래'라고 단정하는 게 아니라 '지금의 나는 어느 쪽에 가까운가?'를 그때그때 확인하는 일이다.

내향적인 사람은 생각 속으로 더 쉽게 몰입하는 경향이 있다. '이러면 어쩌지, 저러면 어쩌지' 하는 생각이 많아질수록 행동은 더 조심스러워진다. 관계의 말 한마디가 오래 남고, 표정 하나가 의미를 덧칠한다. 외향적인 사람은 상대와의 상호작용에서 더 많은 에너지를 얻는다. 하지만 아무리 외향적인 사람이라도 혼자만의 방과 시간이 필요하다. 회복 속도가 다를 뿐, 충전이 필요 없는 건 아니다.

사람은 100% 내향적이거나 100% 외향적이지 않다. 우리는 스펙트럼 위에서 언제든 왔다 갔다 할 수 있다. 그래서 충분히 회복하고 나면, 다시 연결 욕구가 고개를 든다. 이 변화는 들쑥날쑥함이라기보다, 마음이 스스로 균형을 맞추는 방식에 가깝다.



나는 왜 결정이 두려운가

# 좋아하지만 피로를 느끼는 관계

관계가 어려운 건, 싫은 사람 때문만이 아니다. 오히려 더 난감한 건, 좋아함과 피로함을 동시에 느낄 때다. 마음이 한 방향으로만 기울면 결정은 쉽지만, 관계는 늘 두 방향에서 동시에 당긴다.

누군가와 시간을 보내는 일이 싫지는 않다. 심지어 그 사람은 좋은 사람이다. 그런데 만나고 나면 왠지 모르게 마음이 불편하고, 에너지가 소진된다. 집에 돌아오는 지하철을 타는 순간부터 머릿속이 복잡하다. 그때부터 질문이 시작된다. '내가 예민한가? 내가 문제인가?' '이게 맞나?' 이 질문이 반복될수록 관계는 더 피곤해진다. 관계를 힘들게 만드는 건 관계 그 자체뿐만이 아니라, 만난 뒤에 남는 잔여 감정이다. 만남은 끝났지만 마음은 끝나지 않는다. 몸은 집에 돌아왔는데, 마음은 아직 그 자리에 남아 있다. 대화의 장면을 되감고, 표정을 다시 떠올리고, 말의 뉘앙스를 다시 계산한다. 그 과정이 사람을 지치게 한다.

같은 사람을 만나도 어떤 날은 괜찮고 어떤 날은 유독 피곤하다면, 그건 내 에너지 상태의 문제일 수 있다. 반대로 늘 만날 때마다 피곤하다면, 관계 구조를 다시 한번 돌아볼 필요가 있다.


## 사람이 아니라 '역할'이 나를 지치게 한다


음식 취향, 심지어 화장품 취향까지 잘 맞는다. 같이 있으면 웃기고, 대화도 잘 통한다. 그런데 남자친구 얘기만 나오면 피곤해진다. 만날 때마다 불평을 늘어놓는다. 며칠 뒤 SNS를 열어보면, 언제 그랬냐는 듯 남자친구와 함께 찍은 사진이 줄줄이 올라와 있다. '딱 그 얘기만 안 하면 좋겠는데…. 그러면 이 관계 참 괜찮은데…' 하는 생각이 든다면 문제는 사람보다 그 관계 안에서 내가 맡고 있는 역할일 가능성이 크다.



나는 왜 결정이 두려운가

- 늘 들어주는 역할
- 항상 맞춰주는 역할
- 불편함을 삼키는 역할

처음엔 자연스럽고 편안하다. 하지만 문제는 이 역할이 고정될 때 생긴다. 관계가 '만남'이 아니라 '반복되는 업무'처럼 느껴지는 순간이다.

심리학에서는 이를 '**역할 고착**role fixation'이라고 부른다. 한 사람이 관계 안에서 특정 역할을 반복하면, 그 역할은 곧 그 사람의 당연한 '자리'가 된다. 여기서 역할 고착은 두 가지 개념으로 나누어 볼 수 있다. 하나는 '**역할 긴장**role strain'이다. 역할이 많아질수록, 혹은 한 역할에 요구가 과도해질수록 사람은 소진된다.[15] 다른 하나는 '**감정 노동**emotional labor'이다. 특히 '상대 기분을 맞춰주는 역할'이 고정되면, 관계는 만남이 아니라 '근무'처럼 느껴질 수 있다.[16]

그리고 그 자리에서 벗어나는 순간, 관계가 흔들릴 것 같은 불안이 생긴다. 그래서 우리는 피곤해도 말하지 않고, 불편해도 조정하지 않는다. 그 결과, 관계는 유지되지만 나는 점점 사라진다. 그리고 이런 관계는 결국 계속해서 유지되기 어렵다. 어떤 관계가 지치는 건, 내가 늘 당연한 역할로 존재하기 때문일 수 있다. 그래서 "이 관계를 끊어야 하나요?"라는 질문에는 먼저 이렇게 되묻고 싶다. **"관계를 끊기 전에 역할을 조정해 본 적이 있나요?"** 관계의 문제처럼 보이지만, 실제로는 '역할 배분의 문제'인 경우가 적지 않다.

- 이 관계에서 나는 자주 '어떤 역할'을 맡고 있나? (상담사, 엄마, 비서, 분위기 메이커, 참는 사람… )
- 그 역할을 '그만두면' 제일 두려운 건 무엇인가? (미움, 거리, 갈등, 죄책감, 버림…)
- 역할을 '조정하면' 얻는 건 무엇인가? (숨 돌림, 여유, 나다움, 존중…)

# 불확실성을 낮추는
# 관계 농도 조절법

인간은 누구나 '나만의 시간(자율성)'의 욕구와 '함께하는 시간(관계성)'의 욕구 사이에서 흔들린다. 우리의 마음은 답이 정해진 문제처럼 한번 결정되면 끝나는 게 아니라 그날의 컨디션, 날씨, 사건 하나에 따라서도 방향이 쉽게 바뀐다. '내 마음이 왜 이래?' 싶겠지만, 마음이라는 건 원래 그 정도로 가볍게 흔들리도록 설계되어 있다.

약속을 잡을 때는 신나서 잡았다. 그때는 정말 보고 싶었다. 그런데 막상 당일이 되니 나가기가 귀찮다. 때마침 밖에는 비가 쏟아진다. 오랜만에 만나는 친구라 취소하기도 애매하다. 친구가 만나기 싫은 건 아니다. 나가면 재밌을 걸 안다. 머리로는 알면서도 몸이 움직이고 싶지 않을 뿐이다. 이불 속의 안락함은 생각보다 강하다.

이때부터 묘한 심리 기제가 발동해 상대의 마음을 지레 짐작하기 시작한다. 내 안의 귀찮음을 정당화하기 위해 상대의 마음을 멋대로 추측하는 것이다. '나오고 싶을까 아닐까?' 그 순간부터 머릿속 시뮬레이션이 무한 반복된다. '내가 먼저 나가자고 했으니 나가야 하나?' '상대는 이미 준비했을까?' '혹시 내가 취소하면 실망할까? 오히려 반가워할까?'

**내 마음을 30초만 확인하면 관계가 덜 꼬인다**

이 시뮬레이션이 반복될수록 불안과 불확실성은 증폭된다. 상대의 의중을 정답처럼 맞히려는 무모한 시도가 시작되는 순간, 관계는 꼬이기 시작한다. '확인'은 줄고 '추정'만 늘어난다. 그리고 추정이 길어질수록 불확실성은 더 커진다.

불확실성을 줄이는 가장 명쾌한 방법은 상대에 대한 추정을 멈추고 내 마음을 확인하는 것이다. 불확실성을 줄이기 위해 사람들이 정보를 찾고 확인하려는 경향은 의사소통 연구에서도 오래전부터 확인되어 왔다.[17] 지금 필요한 건 상대의 마음을 '정답처럼 맞히는 능력'이 아니라, 불확실성을 조



나는 왜 결정이 두려운가

금씩 낮추는 '작은 확인'이다. 관계는 그렇게 조율되면서 굴러간다.

딱 30초만 내 마음을 확인해 보자. 지금 나는 '만나고 싶은 마음'이 더 큰가 '쉬고 싶은 마음'이 더 큰가? 1%라도 큰 쪽은 어느 쪽인가. 마음은 대개 완벽히 한쪽이 아니다. 그래도 미세하게 더 큰 쪽이 있다. 그 1%가 방향키가 된다. '착해야 한다'를 먼저 떠올리기보다 '지금의 나에게 가능한지'를 먼저 묻는 시간이다. 이렇게 내 마음을 인정하면 선택이 오히려 훨씬 쉬워진다. 무의미한 추측의 쳇바퀴가 멈추고, 마음의 긴장이 조금 풀린다.

결국 관계의 밀도는 상대의 마음을 얼마나 잘 맞히느냐가 아니라, 내 마음을 얼마나 솔직하게 인정하느냐에 달려 있다. 한 가지 더 덧붙이자면 내가 겪는 줄다리기를 상대도 똑같이 겪고 있을 수 있다는 사실을 받아들이자. 이를 인지하는 것만으로도 상대의 대답 지연이나 망설임을 '나를 덜 소중히 여기는구나'라는 오해로 비약하는 실수를 줄일 수 있다.

중요한 것은 내 마음의 상태를 정확히 알고 그에 맞는 '연결의 농도'를 스스로 조율해 나가는 감각이다. 이러한 작은 정직함과 조절의 경험이 쌓일 때, 우리는 흔들리면서도 무너지지 않는 단단한 연결을 완성할 수 있다.



나는 왜 결정이 두려운가

# 거리 두기와
# 연결 사이의 균형 잡기

거리 두기와 연결은 완전한 On과 Off가 아니다. 그 사이에는 수많은 농도가 있다.

- 길게 통화하진 않지만 안부를 주고받는 관계
- 자주 만나진 않지만 만나면 편안한 관계
- 통화는 하지 않지만 카톡으로 소식을 주고받는 관계

연결은 꼭 거창한 형태나 방법일 필요가 없다. 특별한 사이가 아니어도 마음은 연결감을 느낀다. 서로의 존재가 아주 가끔만 스치듯 확인되어도, 사람은 이상하게 덜 흔들린다. 내가 소진되지 않는 선에서 연결을 이어가는 것, 그 정도가 오히려 오래간다.

앞에서 말한 '약한 연결'은 바로 여기서 빛을 발한다. '자주 만나지 않아도 괜찮은 연결'을 여럿 확보해 두면 관계는 더 안정적으로 된다.[18] 관계가 숨 막힐 때는 깊이를 더하는 대신 '연결의 형태'를 바꾸는 게 더 빠른 해결일 때가 많다. 나에게 맞는 방식을 알고 그에 맞춰 조절하는 것만으로도 피로감은 크게 줄어든다. 관계를 살리는 건 더 가까워지는 선택이 아니라 '조금 가볍게' 만드는 선택일 때도 많다.

## 거리 두기는 '관계 포기'가 아니라 '관계 조정'이다

우리는 거리 두기를 자주 부정적으로 생각한다. '내가 너무 정이 없나? 회피하는 건가?' 하지만 거리 두기는 관계를 버리는 것이 아니라 관계를 지속 가능하게 만드는 기술인 경우가 많다. 숨을 쉬려면 폐가 한 번쯤은 비워져야 하듯이 말이다.

관계에서 상처받을까 걱정하는 건 아주 자연스러운 일이다. 그런데 그 두려움이 너무 커서 지금 누릴 수 있는 행복과 함께 쌓을 수 있는 기억조차 누리지 못한다면, 그것도 아깝지 않을까? 상처받는 것도 인간관계의 일부이다. 그러니 목표를 '상처 0'으로 잡지 말고 내가 감당할 수 있는 범위로 거리를 조정해 가는 편이 현실적이다. 관계에서 고민하는 사람은 오히려 관계를 중요하게 여기는 사람이다. 그러니까 고민 자체를 부끄러워할 필요는 없다.

## 불확실성의 공포

친구와 가고 싶은 카페가 생겼다. '연락을 해볼까, 말까? 오랜만에 얼굴 보고 싶긴 한데, 부담스러워하면 어쩌지? 너무 뜬금없이 연락하나? 가기 싫은데 거절하기 어려워서 좋다고 하는 건 아닐까?' 생각이 꼬리에 꼬리를 문다. 결국 고민만 하다 휴대전화를 내려놓는다.

여기엔 제일 큰 공포가 숨어 있다. 바로 불확실성이다. 상대의 반응을 확신할 수 없고, 내 컨디션도 확신할 수 없다. 그래서 마음은 '아예 안 하는 게 안전해' 쪽으로 기운다. 불확실성 앞에서 마음은 종종 '정지' 버튼을 누른다.

하지만 관계는 원래 불확실하다. 우리가 상대의 마음과 타이밍까지 모두 예측할 수는 없다. 때로는 그냥 두드려보는 것도 필요하다. 관계는, 문을 열기 전까지 안쪽이 보이지 않는다. 이때 생각해 볼만 한 아주 현실적인 원칙 하나가 있다. 불확실성을 혼자 없애려 애쓰기보다 불확실성을 줄일 수 있는 질문을 한번 던져보는 것이다. (예: '이번 주말에 1시간만 괜찮아?' '오늘은 전화 말고 메시지로만 연락하자') 불확실성을 0으로 만들려는 순간, 관계는 멈춘다. 관계는 원래 약간의 미지未知를 품은 채로 굴러가는 법이다.


**오늘은 혼자, 내일은 연결:**
**관계의 농도를 결정하는 '조정의 기술'**

만나자는 친구의 연락에 오늘은 혼자 있기로 선택했다면, 애매하게 답을 안 하기보다는 조정의 신호를 보내는 것이 현명하다. 거리 두기가 아무런 설명 없이 침묵으로 표현되면 상대방 마음속에는 불필요한 추측과 오해가 자라기 때문이다. '나 오늘은 좀 쉬고 싶어. 대신 다음 주에 보자' 하는 간단한 문장은, 관계의 단절이 아니라 현재의 농도를 잠시 낮



나는 왜 결정이 두려운가

추겠다는 명확한 정보 제공이 된다. 이 작은 신호 하나로 관계의 불확실성은 통제 가능한 범위 안으로 들어온다.

반대로 연결이 필요한 날이라면, 함께 있으면 편안한 사람에게 안부 문자 하나 남겨볼 수도 있다. '주말에 뭐 해? 밥 먹을래?'와 같은 작은 초대는 상대에게 큰 부담을 주지 않으면서도 우리가 여전히 연결되어 있음을 확인시켜 주는 최소한의 장치가 된다.

관계의 균형은 큰 결단에서 생기는 것이 아니다. 오늘의 내 에너지에 맞춰 거리를 '조정'하는 작은 선택에서 생긴다. 자신의 자율성을 지키면서도 타인과의 연결감을 잃지 않는 것, 이 유연한 조정이야말로 우리가 지향해야 할 지속 가능한 관계의 실제 모습이다.

**관계의 정답이 아니라 '조절'이 필요하다**

관계가 어려운 이유는 관계가 '감정만의 문제'도 '기술만의 문제'도 아니기 때문이다. 우리는 자율성과 연결감, 독립과 소속, 접근과 회피 사이에서 늘 줄다리기를 한다.[19] 그러니 흔들린다는 사실만으로 '내가 문제다'라고 결론 내릴 필요는 없다. 인간이라면 누구나 가진 두 욕구가 건강하게 살아 움직이고 있다는 자연스러운 신호다.

우리가 관계 속에서 나를 잃지 않기 위해 꼭 마음에 새겨야 할 세 가지 관점의 전환이 있다.

- 외로움은 '내가 이상하다'는 낙인이 아니라 '연결이 필요하다'는 신호일 수 있다.
- 피로감은 '내가 예민하다'는 증거가 아니라 '역할이 과하다'는 경고일 수 있다.[20]
- 관계는 완벽한 밀착보다 그때그때 조정 가능한 거리감 위에서 더 오래 지속된다.

정답을 찾으려 애쓰는 대신 오늘의 나에게 맞는 '연결의 농도'를 조절하기로 선택할 때, 우리는 비로소 관계에서 덜 다치고 덜 소진되며 자신만의 온전한 자리를 지켜낼 수 있다.

**실천 과제**

# 사람과의 거리 조율과 역할 조정

## 과제 1. 나의 '감정 거리' 체크리스트 (3분)

오늘의 나는 타인과의 연결을 통해 에너지를 얻을 수 있는 상태인가, 아니면 혼자 회복하는 시간이 더 필요한 상태인가 점검해 보세요.

Q1. 지금 내 에너지는 0~10점 중 몇 점인가? (0=방전, 10=완충)

Q2. 지금 사람을 만나면 에너지가 (늘 것 같다 / 더 줄 것 같다)

Q3. 오늘 내가 원하는 연결의 형태는 무엇인가?

A. 혼자(완전 회복)

B. 약한 연결(안부 문자 / 짧은 통화 / 가벼운 만남)

C. 깊은 연결(마음을 나누는 대화 / 긴 만남)

Q4. 오늘 나를 지치게 하는 역할이 있다면 무엇인가?

(들어주는 사람 / 맞춰주는 사람 / 중재자 등)

마음 한 줄 정리(그대로 읽기)

"오늘의 나는 관계를 '선택'하는 게 아니라, 관계의 농도를 '조절'한다."

## 과제 2. '약한 연결' 7일 실험 (하루 1개, 총 7개)

깊은 대화가 부담스러운 날에도 연결감을 잃지 않도록 정서적 비용이 낮은 '약한 연결'의 힘을 활용해 봅니다. 이때 상대는 나에게 심리적 부담이 30% 이하인 사람으로 한정합니다.

### 예시

- "오랜만이에요. 요즘 잘 지내세요?"
- "오늘 이거 보다가 생각나서요" (짧은 사진 / 짧은 문장)
- "시간 되면 잠깐 커피 타임 어때요?"

### 체크

- 보낸 뒤 내 마음은 (가벼워졌다 / 별 변화 없다 / 더 무거워졌다)
- 무거워졌다면, 이유는 '사람'이 아니라 '역할'이었나? (예 / 아니오)



내 안의 두 마음과 잘 지내는 법

## 과제 3. 역할 재협상 '한 문장' 만들기

관계를 끊어내기보다 내가 감당하고 있는 역할의 무게를 조정함으로써 지속 가능한 거리를 확보해 봅니다. 아래의 틀을 활용해 나만의 언어로 재구성하여, 대답을 회피하는 대신 나의 역할을 조정해 보세요.[21]

아래 틀에서 하나를 골라 내 말투로 바꿔 적어보세요.
- (시간 조정) "너랑 이야기하는 건 좋은데, 오늘은 20분만 하고 싶어."
- (형태 조정) "나는 지금은 전화보다 메시지가 더 편해. 메시지로 얘기해도 될까?"
- (역할 조정) "오늘은 해결책을 같이 찾기보다는 그냥 들어주기만 할게."
- (경계 설정) "내가 요즘 컨디션이 별로라서 그 이야기는 다음에 조금 더 괜찮을 때 듣고 싶어."

# 4장.
## 생각의 함정

더 생각하면 답이 나온다는
착각에서 빠져나오기

## 왜 정보를 모을수록
## 결정은 멀어지는가

비싼 물건을 사기 전에는 질문이 많아지는 게 당연하다. 가격도 부담스럽고, 한번 사면 몇 년은 써야 하니까 제대로 고르고 싶다. 리뷰를 참고하려고 하면, 하나의 리뷰 영상 안에도 관련 제품 10개가 등장한다. 처음에는 기준이 단순했는데, 보면 볼수록 선택이 더 어려워진다. '이 제품은 이게 좋고 저게 아쉽고….' '저 제품은 저게 좋지만 이게 찜찜하고….' 결국 최종 결정을 내리지 못하고 지쳐서 이런 생각을 한다. '이 정도면 꼼꼼한 건가, 아니면 결단력이 없는 건가?'

 선택지가 많아지면 어떻게 되는지 잘 보여주는 심리학 실험이 있다. 연구자들이 마트에서 한쪽에는 24가지 잼을, 다른 한쪽에는 6가지 잼만을 진열한 뒤 사람들의 구매 행동을 관찰했다.[22] 어느 쪽의 잼 구매율이 더 높았을까? 선택의 폭

이 넓을수록 소비자의 다양한 취향을 만족시켜 구매율이 높아질 거라 예상했지만, 예상 밖의 결과가 나타났다. 24가지 잼 쪽이 시식은 많이 했지만, 실제 구매율은 단 3%였다. 반면 6종류만 진열한 쪽은 구매율이 30%나 되었다. 선택지가 많아지니 실제 구매 행동이 감소하는 현상이 발생한 것이다.

선택지가 많아질수록 결정이 어려워지는 이유는 **장단점이 과도하게 늘어나기 때문이다.** 처음에는 몇 가지 핵심만 보인다. '이게 나에게 맞는가?' '감당할 수 있는 선택인가?' 정도이다. 그런데 가짓수가 늘어나고 생각이 깊어질수록 장점은 더 잘게 쪼개지고, 단점은 점점 더 정교해진다. 처음에는 크게 중요하지 않았던 사소한 요소들까지 하나씩 판단의 테이블 위에 올라온다.

이런 상황이 되면 장단점을 정리하는 일이 결정을 돕는다기보다 결정을 뒤로 미루는 결과를 초래한다. 목록이 길어질수록 우리는 '나는 충분히 검토하고 있어'라며 이상한 안도감을 느낀다. 하지만 그 안도는 '전진하고 있다'는 느낌이라기보다 멈춰 있는 상태를 합리화해 주는 느낌에 가깝다.

**그리고 가능성이 닫히지 않는다.** 이 단계에서 우리는 묘한 안정감을 느낀다. 아직 결정하지 않았기 때문에 모든 가능성이 열려 있는 상태처럼 보이기 때문이다. 하나를 고르면 다른 하나는 사라진다. 하지만 고르지 않으면 둘 다 내 손에 남아 있는 듯 느껴진다. 선택지를 열어두는 것이 안전해 보이고, 결정을 미루는 것이 오히려 신중한 태도처럼 느껴진다. 가능성이 열려 있다는 감각은 달콤하지만, 그 달콤함은 비용을 슬쩍 숨긴 채로 우리의 에너지를 소모시킨다.

결정이 막힐 때 우리는 종종 '정보'의 부족을 탓한다. '아직 충분히 생각하지 못해서 못 정하는 거야.' '조금만 더 알아보면 정답이 나올 거야.' 더 알아야 할 것 같고, 더 비교해야 할 것 같다. 그런데 진짜 중요한 건 정보의 양이 아니라 '기준'일 때가 많다. 무엇을 더 중요하게 볼지, 어디서 탐색을 멈출지 정해지지 않으면 정보는 계속 쌓이기만 한다. 그때부터 정보는 도움이 되기보다 선택지를 불리고, 불안을 건드리며, 후회를 미리 당겨오는 재료가 될 뿐이다. 정보가 부족해서가 아니라 정보가 감당하기 어려운 수준으로 늘어나는 것이 소위 '결정 장애'의 본질인 경우가 많다.

　　　　　　　　　　　나는 왜 결정이 두려운가

생각이 많아질수록 조건이 세분화되기 때문에 정답에서는 멀어진다. 기준이 정리되지 않은 상태에서 **조건만 늘어나면 선택은 더 까다로워지고, 어떤 선택도 '확정'까지 가기 어렵다.** 결국 이 단계에서 우리는 결정을 내리는 것이 아니라, 결정을 미루고 있는 상태를 유지하고 있을 뿐이다. 그리고 그 미룸은 스스로에게 이렇게 설명된다. '나는 아직 더 생각 중이야.' **선택지를 더 모으는 것은, 사실상 결정을 회피하려는 내면의 의도를 '신중함'이라는 이름으로 합리화하는 과정에 가깝다.**

결정을 위한 탐색이 아니라 결정을 미루기 위한 탐색이 시작되는 순간이다. 예를 들어, 이직을 고민하며 지원할 회사의 평판을 계속 찾아보느라 정작 지원 자체를 미루기도 한다. 실전 경험을 쌓기보다 '하나만 더'라며 자격증 취득에 매달리기도 하고, 완벽한 투자 타이밍을 찾겠다며 지표만 공부하느라 투자를 시작하지 못하는 시간이 길어지기도 한다. 이를 흔히 '정보 컬렉터 모드'라고 한다. 결정을 비교적 수월하게 내리는 사람들은 정보를 많이 모으는 것보다 판단의 기준을 세우는 데서 시작한다. 반대로 정보 컬렉터 모드에 들어가면, 정보는 결정을 향해 수렴되지 않고 계속 옆으로 확장되며 에너지를 고갈시킨다.

**특히 디테일에 민감한 완벽주의적 성향이 강할수록 이 결정은 한층 더 어려워진다.** 완벽주의자는 틀리지 않기 위해 머무는 경우가 많다. 더 큰 문제는 기준을 줄이는 대신 기준을 계속 추가한다는 데 있다. '더 나은 것이 있지 않을까?'라는 질문에 대한 대답은 언제나 '그렇다'이다. 작은 단점 하나가 전체 선택을 무효화하는 이유가 되고, 아직 검토하지 않은 가능성 하나가 결정을 미루는 명분이 된다. 이 시점에서 생각은 판단을 돕는 것이 아니라 완벽해야 한다는 압박을 강화한다. 선택지를 늘리는 행동은 결정을 준비하는 것처럼 보이지만, 결정을 가장 세련되게 미루는 방식이 되기도 한다.

결국 결정을 잘한다는 것은 정보를 끌어모으는 능력이 아니라, 생각이 길을 잃지 않도록 방향을 잡는 일이다. 모든 조건을 만족시키려는 욕심을 내려놓고, 지금 나에게 가장 중요한 핵심 기준에 집중할 때 비로소 결정을 행동으로 연결할 수 있다.

  나는 왜 결정이 두려운가

# 감정이 '정보'가 아니라 '기준'이 될 때 생기는 오류

원래 사람은 자신의 기분이나 감정을 하나의 정보처럼 사용한다. 다만 이 과정은 대부분 자동적으로 이루어지기 때문에 무의식적으로 마음속에 스며드는 경우가 많다. 예를 들어, 기분이 가라앉으면 우리는 삶 전반을 더 부정적으로 평가하는 경향을 보인다. 인간관계에, 사는 것에 회의적이고 미래도 기대가 안 된다.

이럴 때 사람들은 '지금 내가 우울해서 이렇게 느끼는 것 같다'고 해석하기보다는 '내 기분이 이런 걸 보니 애초에 다 잘못된 게 분명하다. 파국이다'라는 식으로 해석하기 쉽다. 감정의 원인을 따로 분리하지 않고, 감정을 상황의 성질로 오해하는 것이다. 연구자들은 이를 **기분 오귀인**misattribution이라고 설명했다.

결정 앞에서 느끼는 불안도 비슷하게 작동한다. '이렇게 불안한 걸 보니 이 선택은 위험한 것 같아'는 논리적 추론처럼 보이지만, 실제로는 감정이 판단의 잣대로 사용된 결과일 가능성이 크다.

감정이 섞인 판단이 반드시 비이성적인 것은 아니다. 감정이 정보의 자리에 있을 때 참고 자료가 오히려 풍부해진다. 불안은 '이 선택이 나에게 중요하다'는 신호가 될 수 있고, 망설임은 아직 점검되지 않은 요소가 있음을 알려주는 힌트가 될 수 있다. 이런 관점에서는 감정이 참고 자료로 작동한다. 다만 감정은 전체 상황을 대표하기에는 너무 순간적인 데다 맥락의 영향을 많이 받는다. 왜냐하면 감정은 불안, 기대, 미련, 두려움처럼 몸과 마음에서 즉각적으로 올라오는 반응이기 때문이다. 불안하다고 해서 내 선택이 잘못되었거나 나쁜 것은 아니다. '혹시 그럴까 봐' 불안한 것뿐이다.

다만 참고 자료여야 할 감정이 판단의 중심이 되면 일이 복잡해진다. 이럴 때 꼭 등장하는 질문이 있다. '이 선택이 맞을까?' 겉으로는 신중한 사고처럼 보이지만, 실제로는 '나중에 후회하면 어쩌지?'라는 불안의 다른 표현일 때가 많다. 미래를 예측하는 문장처럼 들리지만, 많은 경우 후회와 미

     나는 왜 결정이 두려운가

련을 피하고 싶은 마음이 앞서 있다.

우리는 미래에 느낄 감정을 실제보다 훨씬 과장한다. 이를 감정 예측의 오류affective forecasting라고 한다.[23] 특히 후회, 실망, 부끄러움처럼 불편한 감정일수록 강도와 지속 시간을 과대평가한다. 후회할지도 모른다는 생각은, 미래를 정확히 예측한 결과라기보다 지금의 불안이 미래 장면에 덧씌워진 상상에 가깝다. 실제로 사람들은 나쁜 일이 생겨도 생각보다 빠르게 적응한다. 감정 동요도 예상보다 빠르게 가라앉는다. 하지만 결정을 앞둔 순간에는 이 '적응 능력'을 거의 고려하지 않는다. 대신 최악의 감정 장면을 생생하게 떠올리고, 그 장면이 오래 지속될 것처럼 느끼는 것이다.

우리는 종종 미래를 감당하지 못할 것처럼 느낀다. 하지만 돌아보면 우리는 이미 여러 번 예기치 못한 난관을 지나왔다. 처음 맡은 업무를 겨우 버텨냈던 시기, 갑작스러운 변화에 당황했던 순간에도 결국은 하나씩 방법을 찾아 넘어왔다. 그런 경험이 쌓여 지금의 우리가 되었다. 그래서 미래의 어려움도 완전히 낯선 것은 아니다. 감정 예측의 오류를 바로잡는 힘은 막연한 낙관이 아니라 스스로 문제를 해결해온 경험에 대한 신뢰에서 나온다. 우리의 경험적 자산은 생각보다 훨씬 믿을 만하다.

이렇게 아직 오지 않은 미래가 이미 비극으로 확정되면, 그 파국적 결과를 견딜 수 없을 것 같아서 선택을 보류하게 된다. 예를 들어, 관심 있는 사람에게 연락했다가 거절당하는 게 너무 창피하고 자존심 상할 것 같다면, 할까 말까 하다가 당연히 연락을 접게 된다. 염두에 두어야 할 점은 감정 예측은 보통 과대평가되는 경우가 많다는 것이다. 연락했다가 거절당하면 당연히 아쉽거나 부끄러울 수 있지만, 그렇게 심각한 망신은 아니다. 때로 우리는 아직 오지 않은 감정으로 현재의 결정을 붙잡아 두곤 한다.

그래서 선택 앞에서 도움이 되는 질문은 '나중에 어떻게 느낄까?'가 아니라 '나는 왜 이 감정을 이렇게 크게 생각할까?'이다. 이렇게 질문하면 미래의 감정은 판단을 가로막는 장애물이 아니라 지금 내 마음 상태를 알려주는 참고 신호로 돌아온다.

우리가 생각의 갈래를 잘 잡으려면 감정을 다시 정보의 자리로 돌려놓아야 한다. 그래야 생각은 제 역할을 하고, 결정이 앞으로 나아갈 수 있다.

# 맥시마이저가 결정을
# 못 하는 이유

2009년 구글 디자이너들은 광고 링크의 파란색 톤을 정하지 못해서 고민이었다. 그래서 41가지의 미세하게 다른 파란색을 일일이 사용자들에게 노출해서 어떤 색의 클릭률이 가장 높은지를 테스트했다. 결국 최적의 파란색을 찾아서 연간 수억 달러의 추가 수익을 올렸다.

이 일은 최적의 추구, 데이터의 승리로 인용되기도 하지만, 당시 구글 시각 디자인 책임자는 만약 데이터가 디자이너의 사소한 결정까지 대신한다면 디자이너의 존재 이유가 사라진다며 큰 회의감을 느껴 구글을 떠났다.

심리학에서는 가능한 모든 선택지를 끝까지 검토한 뒤 그 중에서 가장 좋은 하나를 확신할 수 있을 때까지 결정을 미루는 경향을 가진 사람을 **맥시마이저**maximizer라고 부른다. 최선을 추구하는 것은 바람직하지만, 더 나은 선택이 있을 가능성을 쉽게 닫지 못하기 때문에 비교와 탐색의 과정이 길어지고 결정 자체가 늦어지기 쉽다.

반면 **새티스파이서**satisficer는 미리 정한 기준을 충족하면 그것이 완벽하지 않더라도 충분히 괜찮다고 판단하고 결정을 내리는 사람을 말한다. 모든 가능성을 검토하기보다는, 지금의 상황에 적합한 선택을 통해 다음 단계로 나아가는 데 초점을 둔다. 이 둘의 차이는 결정을 해석하는 방식에 있다.

맥시마이저가 결정을 어려워하는 이유는 **하나를 고르는 순간 다른 가능한 모든 '나'를 잃게 된다고 느끼기 때문이다.** 결정은 단순한 선택이 아니라 무언가를 영원히 내려놓는 행위처럼 느껴지기 쉽다. 맥시마이저에게 결정은 종종 포기와 상실의 감정을 동반한다.

아이비리그 졸업생들을 조사해 보니, 맥시마이저 성향인 아이비리거들은 새티스파이서 성향 아이비리거들보다 평균 연봉이 20% 높았지만, 행복도와 직업 만족도는 훨씬 낮았다.[24] '**최선 추구**maximization' 성향이 선택 이후의 만족으로 이어지지는 않는 것이다.

     나는 왜 결정이 두려운가

맥시마이저는 가능한 한 많은 선택지를 탐색하고, 각 대안을 세밀하게 비교하며, 더 나은 답을 찾기 위해 상당한 인지적 노력을 기울인다. 겉으로 보면 매우 합리적이고 신중한 의사 결정 방식처럼 보인다. 그러나 이러한 선택 방식이 결정 '이후'의 만족감을 높여주지는 않는다. 맥시마이저들은 선택을 한 뒤에도 '다른 길이 더 나았을지도 모른다'는 생각에서 쉽게 벗어나지 못하며, 그만큼 후회와 자기 비난, 사회적 비교를 더 자주 경험한다.

예를 들어, 이름난 조직에 들어가 높은 연봉과 직급을 얻는 데 성공했지만, 주당 80시간 가까이 일하며 아이가 자라는 모습 대부분을 영상 통화로 지켜본다고 해보자. 그러다 주말마다 가족과 캠핑을 다니는 친구의 SNS를 보며 이런 생각이 스친다. '내가 저 길을 선택했다면 지금보다 더 행복하지 않았을까.'

이런 불만은 하나의 기준만 극대화할 때 자주 나타난다. 연봉이나 직함 같은 사회적 성취를 기준으로 '최선의 선택'을 했다고 믿었지만, 그 과정에서 삶의 다른 가치들이 뒤로 밀려났기 때문이다. 삶은 하나의 정답을 맞히는 시험이 아니다. 어떤 영역에서 최고점을 얻는 것보다 여러 가치가 함께 무너지지 않도록 균형을 유지하는 일이 더 중요할 때가 많다. 모든 영역에서 100점을 받을 수는 없지만, 적어도 어느 한 부분이 과락이 되지 않도록 살아가는 것이 삶의 만족을 지키는 방법일 수 있다.

그래서 맥시마이저에게는 결정의 순간에 '포기'를 어떻게 받아들이는지가 중요하다. 즉, 하나의 결정을 내리는 순간 다른 가능성을 포기해야 한다는 사실을 어떻게 받아들이느냐가 관건이다. 맥시마이저에게 결정은 아직 열어두고 싶은 가능성을 닫는 행위로 경험되기 쉽다. 그래서 선택은 마무리가 되지 못하고 또 다른 비교와 재검토를 시작하는 계기가 되곤 한다.

이 관점에서 보면, 맥시마이저는 하나를 선택하는 순간 다른 가능성 속의 나를 함께 잃는다고 느끼는 것 같다. 그래서 결정이 무언가를 내려놓아야 하는 선언처럼 다가온다. 결정이 상실로만 여겨지면 결정은 '행동'이 아니라 '상처'가 된다. 그러니 쉽게 손을 뻗지 못하는 것도 무리는 아니다. 하나를 고르는 순간 다른 가능성과 작별해야 한다는 사실을

     나는 왜 결정이 두려운가

마음이 견디기 어려운 것이다. 포기의 감각을 어떻게 다루느냐가 결정의 장벽을 높이거나 낮추는 데 결정적일 수 있다.

더 나은 대안은 항상 있다. 하지만 계속해서 더 나은 대안을 찾는다면, 결정을 내리기가 어렵다. 이미 충분히 숙고했다면, 이제는 그 결정의 기능과 효과를 따져보아야 다음으로 넘어갈 수 있다. 이 결정은 어떤 기능을 하는지, 원하는 효과를 70% 정도 달성하는지를 평가하는 것이다. 나에게 중요한 것을 고르는 행위인지, 70% 정도 채워지는지를 생각해보면, 결정은 상처가 아니라 선택이 된다. 그와 함께 맥시마이저를 붙잡고 있던 '완벽한 답'에 대한 집착도 서서히 힘을 잃기 시작한다.

# 기준을 줄여야
# 결론이 나온다

생각이 너무 많아서 과부하가 될 때는 반응하지 않고 가만히 있는 것도 필요하다. 흙탕물이 가라앉을 때까지 잠깐 기다리는 것이다. 그리고 결정에 필수인 대원칙으로 돌아가는 것이 좋다.

**핵심 두 가지 + 알파: 2+α 규칙**

결정 앞에서 도움이 되는 간단한 원칙이 있다. 바로 '2+α 규칙'이다. 결정은 모든 조건을 충족시키는 것이 아니라, 지금의 나에게 가장 중요한 두 가지를 분명히 만족시키고 나머지는 완벽하지 않아도 감당 가능한 수준이면 충분하다.



나는 왜 결정이 두려운가

예를 들어 이직을 고민한다고 해보자. 연봉, 성장, 워라밸, 조직 문화, 안정성, 직무 적합도까지 모두 중요해 보인다. 문제는 이 모든 기준을 동시에 만족시키는 선택지가 없다는 것이다. 이럴 때 필요한 질문은 '지금 이 시점에서 절대 놓치고 싶지 않은 두 가지는 무엇인가?'이다. 나머지는 그 두 가지를 해치지 않는 범위에서만 고려한다. 이때부터 선택지는 급격히 줄어들고, 결론은 가까워진다. 이 규칙의 핵심은 기준을 줄이는 데 있다. 기준이 줄어들수록 선택은 가벼워지고, 결정은 현실적인 단계로 내려온다. 반대로 기준이 늘어날수록 생각은 많아지고 결론은 멀어진다.

여기서 감정을 어떻게 다룰 것인가가 중요해진다. 다음 장에서 더 자세히 살펴보겠지만, 감정에 담겨 있는 신호를 파악해야 한다. '이 선택이 부족하다'는 말은 '이 선택이 틀렸다'는 뜻이 아니다. '아쉽다'는 말은 '다른 선택이 더 낫다'는 의미가 아니다. 감정은 선택의 결과를 예고하는 판결문이 아니라, 선택 과정에서 무엇이 나에게 걸려 있는지를 적어둔 메모에 가깝다. 이 메모를 읽되, 감정이 결론을 대신 쓰게 두지는 말아야 한다.

의사 결정 연구에서는 일관되게 우선순위를 정하는 능력이 가장 중요하다고 보고한다. 모든 정보를 완벽하게 처리하는 능력보다, 무엇을 기준으로 삼을지를 정하는 능력이 결정적이라는 것이다. 좋은 결정은 늘 조용하다. 모든 조건을 만족시켰기 때문이 아니라, 지금의 나에게 중요한 기준이 분명하기 때문에 쉽게 흔들리지 않는다. 기준을 줄이면, 선택지는 줄어들고 결론은 자연스럽게 따라온다. 즉, 결정은 완벽함의 문제가 아니라 우선순위의 문제에 가깝다. 중요한 두 가지만 분명해지면, 나머지는 안고 갈 수 있는 여지가 생긴다.

## 결정은 답 찾기가 아니라 기준 세우기이다

생각이 많아질수록 결정이 어려워지는 이유는 내가 부족해서가 아니다. 판단력이 약해서도, 결단력이 모자라서도 아니다. 그것은 정보가 정리의 속도를 앞지르고, 기준이 모호해진 상태에서 미래의 감정을 과도하게 예측하기 때문에 발생하는 인지적 현상이다. 결정이 어렵다면, 기준이 흔들리고 있진 않은지, 부정적인 감정을 과도하게 예측하고 있지는 않은지를 아래 네 가지 핵심 원칙과 함께 점검해 보길 바



나는 왜 결정이 두려운가

란다.

- 중요한 기준 두 가지만 명확히 하라. 나머지는 감당할 수 있을 정도면 된다.
- '혹시 모를' 부정적인 감정을 과대평가하고 있지는 않은지 경계하라.
- 결정의 기능과 효과를 떠올리고, 70% 달성할 수 있을 것 같다면 다음 단계로 넘어간다.
- 의사 결정은 한 번에 정답을 찾는 일이 아니라 '과정'이다.

이 기준이 분명해지면, 모든 조건을 만족시키지 않아도 나아갈 수 있는 힘이 생긴다. 핵심 기준이 충족되었다면 나머지는 견디며 가는 것이다. 아쉬움이 남을 수 있고, 불안이 완전히 사라지지 않을 수도 있다. 하지만 그것은 결정이 잘못되었다는 신호라기보다 중요한 것을 선택했기 때문에 자연스럽게 따라오는 감정이다.

결정은 포기가 아니다. 지금의 나에게 중요한 기준을 선택하고 실현해 나가는 능동적 과정이다.

# 생각의 늪에서 결정 기준 세우기

## 과제 1. 사실 vs. 감정 분리

결정을 어렵게 만드는 순간에는 사실과 감정이 한 문장 안에서 섞여 있는 경우가 많습니다. 이 연습은 지금 상황에서 객관적인 사실과 내가 느끼는 감정을 나눠보는 과정입니다. 감정은 배제할 대상이 아니라 상황을 이해하게 해주는 하나의 신호입니다.

① 지금 고민 중인 선택과 그 내용에 대해 자유롭게 적기

(예: 이직 제안 수락 / 대학원 진학 / 관계 확정 등)

② 사실: 해석이나 평가 없이 객관적으로 확인 가능한 것만 쓰기

(예: 필요한 비용 / 조건 / 제약 사항 / 시작 시기 / 현재 상태)

     내 안의 두 마음과 잘 지내는 법

③ 감정: 지금 떠오르는 느낌과 생각을 맞고 틀림을 판단하지 말고 그대로 적기. 감정 단어만 적기보다 그 감정이 어떤 생각과 연결되는지 함께 적기

(예: 아쉬움 - 이 기회를 놓치면 다시는 기회가 오지 않을 것 같아 고민된다.)

--------------------------------------------------

--------------------------------------------------

--------------------------------------------------

--------------------------------------------------

④ 점검하기: ①~③번을 다시 읽어보고 사실과 감정이 한 문장에 섞여 있지 않은지 확인하기. 감정은 그대로 두고, 그 안에 포함된 사실과 감정을 구분하는 것이 핵심. 한 문장을 '사실'과 '감정'으로 나누어 보면, 무엇이 나를 흔들고 있는지 더 선명해짐

(예: 연봉이 낮아서 우울하다 → 사실: 연봉이 oooo 수준이다 / 감정: 우울하다)

--------------------------------------------------

--------------------------------------------------

--------------------------------------------------

--------------------------------------------------

**과제 2. 감정 청취 5분 루틴**

때로는 감정을 해결하려 하기보다 잠시 들어보는 것만으로도 생각이 정리됩니다. 이 단계에서는 결론을 내리지 않고 딱 5분만 감정을 듣는 데 집중합니다.

(※ 절대 하지 말 것: 해결책 찾기, 논리로 반박하기, '그래도 괜찮아' 하면서 덮기)

① 타이머 5분 설정

② 지금 결정과 관련해 가장 먼저 떠오르는 감정만 적기

(예: 불안, 두려움, 기대, 아쉬움 등)

③ 감정에게 질문 던지기: '지금 이 감정이 지키려는 건 무엇인가?'

(예: 안정, 관계, 인정, 성장, 자유, 성취, 의미 등)

----

----

----

----

④ 마음 한 줄 정리(그대로 읽기)

"감정은 배제 대상이 아니라 내게 중요한 것을 알려주는 신호이다."

## 과제 3. 우선순위 2+α 결정

결정이 어려워지는 이유 중 하나는 너무 많은 기준을 동시에 고려하기 때문입니다. 이 연습은 완벽한 답을 찾기보다 우선순위에 따라 선택하도록 돕는 과정입니다. 다음의 내용을 기억하며 정리해 보세요.

- 회피한다고 해서 원하지 않는 게 아니다.
- 망설인다는 건, 그만큼 중요하게 원하는 게 있다는 신호이다.
- 결론은 감정이 아니라 우선순위가 만든다.

① 이 선택에서 절대 포기할 수 없는 핵심 (두 가지)

(예: 안정 / 성장 / 관계 / 인정 / 자유 / 성취 / 의미 / 건강 / 책임 등)

② 있으면 좋지만 없어도 견딜 수 있는 α (한 가지)



내 안의 두 마음과 잘 지내는 법

③ 감정 점검

지금 가장 강한 감정은 무엇인가? 이 감정은 어떤 핵심 욕구를 반영하고 있는가?

(예: 불안 → 인정 욕구)

---------------------------------------------------------------

---------------------------------------------------------------

---------------------------------------------------------------

④ 지금 할 수 있는 첫 행동(10분 이내)

※ 목표는 결정을 완성하는 것이 아니라 작게 시작해 보는 것

(예: 파일 열기 / 제목 한 줄 쓰기 / 일정 메모하기)

---------------------------------------------------------------

---------------------------------------------------------------

---------------------------------------------------------------

# 5장.
# 두려움의 해석

두려움이 알려주는
내가 진짜 가치를 두는 곳

## 두려움이 커질수록 흐려지는
## 선택의 방향

중요한 선택을 앞에 두면 이상하게 마음이 더 복잡해진다. 사소한 일은 금방 정하면서도 정말 중요한 결정일수록 쉽게 결론이 나지 않는다. 오히려 머릿속은 더 시끄러워지고 몸은 더 굳어진다.

이직 제안 이메일을 몇 번이나 다시 열어본다. 조건은 나쁘지 않다. 연봉도 더 많고 역할도 커진다. 그런데도 '지금 옮기는 게 맞을까?' 하는 불안한 마음이 자꾸 올라온다. 혹시 지금 이 회사를 떠나면 나중에 후회하지 않을까. 새로운 환경에 적응하지 못하면 어쩌지. 괜히 욕심을 부리는 건 아닐까.

이럴 때 우리는 흔히 이렇게 생각한다. '내가 너무 겁이 많은 건가?' '결단력이 부족한 건 아닐까?' 하지만 이런 망설임

　　　　　　　　　　나는 왜 결정이 두려운가

을 조금 옆으로 비켜서서 바라보면, 전혀 다른 해석이 가능해진다. 이 주저함은 약함의 표시라기보다, 이 선택이 내 삶에서 차지하는 무게를 보여주는 반응일 수 있다. 중요하지 않은 일 앞에서는 마음이 이 정도까지 요동치지 않기 때문이다.

이 장에서는 우리가 애써 밀어내려 했던 '두려움'을 판단의 방해물로 보는 대신 의미를 담은 감정으로 다시 살펴보려 한다. 두려움은 정말 나를 방해하는 적일까, 아니면 내가 무엇을 소중히 여기는지 알려주는 안내자일까?

## "흰곰을 떠올리지 마세요"라는 말의 함정

선택은 언제나 우리를 망설이게 한다. 그리고 때로 그 머뭇거림 끝에서 내리는 결정 하나가 인생을 완전히 다른 길로 이끌기도 한다. 그래서 중요한 선택일수록 마음이 쉽게 정해지지 않는 상태가 자연스럽게 따라온다. 이는 그 선택이 내 삶에서 차지하는 무게가 그만큼 크다는 사실을 알려주는 신호이기도 하다. 그러나 우리는 이 과정에서 마주하는 정서적 중압감을 견디기 힘든 나머지, 내면의 불안을 빨리 제거해야 할 방해물로 규정하고 서둘러 마음의 평온을 찾으려 애쓴다.

많은 사람들은 불안한 마음이 들면 그 생각을 빨리 밀어내려 한다. '그만 생각하자.' '이런 걱정은 도움이 안 돼.' '마음을 차분하게 해야 해.' 이런 반응은 충분히 이해할 수 있다. 불안해진 자신을 진정시키고 싶기 때문이다. 다만 이 시도가 늘 원하는 방향으로 작동하지는 않는다. 오히려 불안을 더 또렷하게 만드는 경우도 적지 않다.

잠깐 멈춰서, 아주 간단한 실험 하나를 해보자. 아마 심리학에 관심이 있는 사람이라면 한두 번쯤 들어봤을 것이다. 규칙은 단 하나다. '지금부터 딱 30초 동안 '흰곰'을 절대 떠올리지 마라.' 얼음 위를 걷고 있든, 광고 속에 등장하는 모습이든 상관없다. '흰곰'만 떠올리지 않으면 된다.

어떤가. 아마 이 문장을 읽는 순간부터 당신의 머릿속엔 이미 하얀 털을 가진 커다란 곰 한 마리가 어슬렁거리기 시작했을 것이다. 지우려고 애쓸수록 흰곰은 더 자주, 더 선명

　　　　　　　　나는 왜 결정이 두려운가

하게 떠오른다. 심리학에서는 이를 '사고 억제의 반동 효과', 흔히 '흰곰 효과'라고 부른다. 어떤 생각을 하지 않으려는 의도가 오히려 그 생각을 반복해서 불러오는 것이다. 심리학에서 자주 인용되는 이 실험[25]은 생각을 통제하려는 노력이 왜 종종 역효과를 낳는지를 잘 보여준다.

우리의 마음은 생각을 억제할 때 두 가지 일을 동시에 한다. 하나는 '이 생각을 하지 말자'라고 지시하는 역할이고, 다른 하나는 '지금 내가 그 생각을 하고 있는지'를 계속 점검하는 역할이다. 문제는 이 점검 과정이다. 확인하려는 순간마다 그 생각은 다시 마음속에 등장할 수밖에 없다. 그래서 억제하려는 노력 자체가 생각을 유지하는 장치가 된다.

불안도 이와 다르지 않다. '불안해하지 말아야지.' '이런 생각은 하면 안 돼.' 이렇게 마음을 다잡을수록 불안한 장면과 상상은 더 자주 고개를 든다. **불안은 억누를수록 단단해지고, 알아차릴수록 힘이 빠진다.** 이 말은 불안을 그대로 방치하라는 뜻도, 불안에 끌려다니라는 말도 아니다. 불안을 지워야 할 대상으로 대하지 않고, 잠시 스쳐 지나가는 신호로 대하는 태도를 말한다.

앞선 실험에서 흰곰을 쫓아내려 애쓸수록 흰곰은 더 선명해진다. 반대로 '또 흰곰이 떠올랐구나' 하고 알아차리는 순간, 그 생각과 싸우기를 멈추게 되면서 이미지가 내 마음의 중심을 독점하던 힘도 서서히 잦아든다. 억제하려는 노력 자체가 오히려 그 생각을 유지하는 장치가 된다는 사실을 이해하면, 불안을 대하는 태도도 달라질 수 있다.

'또 불안해졌네.' '지금 내 마음이 이런 상태구나.' 이렇게 한발 물러서서 바라보는 순간 불안은 더 이상 통제 불가능한 적이 아니다. 그저 이 선택이 나에게 중요하다는 사실을 조용히 알려주는 신호가 된다. 불안을 없애려는 노력보다 불안과 함께 머무를 수 있는 균형 감각이 필요해지는 이유이다.

# 불안을 억누를수록
# 두려움이 선명해지는 이유

해야 할 일이 있는데도 손이 가지 않는 날이 있다. 파일은 열었지만 문장은 한 줄도 쓰지 못하고 있다. 대신 괜히 책상을 정리하고, 메일함을 확인하고, 커피를 한 번 더 마신다. 바쁘게 움직이고는 있지만 정작 핵심에는 손이 가지 않는다.

이런 날의 마음을 가만히 들여다보면, 한쪽에서는 분명한 목소리가 들린다. '이번엔 제대로 해보고 싶어.' '이건 중요한 기회야.' 그런데 동시에 다른 목소리도 함께 들린다. '혹시 잘 못하면 어떡하지?' '괜히 시작했다가 더 초라해지면?' 하고 싶은 마음과 두려운 마음이 동시에 올라오는 순간이다.

이때 많은 사람들은 두려움을 문제 삼는다. 두려움만 없으면 움직일 수 있을 것 같고, 이 불안이 사라져야 선택을 할 수 있을 것처럼 느낀다. 하지만 실제로는, 두려움이 클수록 원하는 마음도 함께 커져 있는 경우가 많다. 중요하지 않은 일이라면 마음이 이 정도까지 흔들리지 않는다. 실패해도 큰 상관이 없다면, 걱정 역시 이만큼 자라지 않는다. 두려움이 커졌다는 건, 그 선택이 내 삶에서 차지하는 비중이 크다는 뜻이다.

다만 이 지점에서 변화가 생긴다. 두려움이 커질수록 시선이 '내가 원하는 방향'에서 '혹시 잃게 될 것'으로 조금씩 이동한다. 그 순간부터 선택의 기준은 달라진다. 바라는 방향이 아니라 최악을 피하는 쪽으로 판단이 기울기 시작한다. 그리고 이 변화가 선택을 더 어렵게 만든다.


## 사람들이 '원하는 것'보다 '잃어버릴 것'을 먼저 보게 되는 이유

사람들이 불안해질수록 선택이 어려워지는 이유에 대해 잘 알려진 심리학 실험 하나가 흥미로운 단서를 준다. 바로 카너먼Kahneman과 트버스키Tversky가 진행한 '프레이밍 효과 framing effect' 실험이다.[26] 연구자들은 참가자들에게 가상의 상황을 하나 제시했다.

"치명적인 질병이 퍼지고 있습니다. 이 질병으로 600명이 사망할 가능성이 있습니다." 그리고 두 가지 해결책을 제안했다.

- 선택지 A: 이 프로그램을 시행하면 200명이 살아남습니다.
- 선택지 B: 이 프로그램을 시행하면 1/3의 확률로 600명이 모두 살아남고, 2/3의 확률로 아무도 살아남지 못합니다.

이때 놀라운 결과가 나타난다. 대부분의 사람들은 확실하게 200명이 살아남는 A를 선택한다. 불확실한 도박보다는 확실한 생존을 택하는 것이다.

그런데 이번엔 연구자들이 같은 상황을 조금 다르게 표현해 다시 질문한다. "같은 질병 상황입니다."

- 선택지 C: 이 프로그램을 시행하면 400명이 사망합니다.
- 선택지 D: 이 프로그램을 시행하면 1/3의 확률로 아무도 사망하지 않고, 2/3의 확률로 600명이 모두 사망합니다.

사실 A와 C는 완전히 같은 결과이고, B와 D도 수학적으로는 동일한 선택지다. 하지만 이번에는 결과가 달라진다.

사람들은 갑자기 불확인한 선택지 D를 훨씬 더 많이 고른
다.

　같은 선택지를 '살릴 수 있다'는 말로 들을 때와 '잃게 된
다'는 말로 들을 때 마음의 반응은 달라진다. 앞에서는 이득
의 언어가, 뒤에서는 손실의 언어가 판단을 이끌었기 때문
이다. 연구자들은 이 결과를 통해 중요한 사실을 밝혀냈다.
사람은 얻을 가능성을 떠올릴 때와 잃을 가능성을 떠올릴
때 같은 선택도 전혀 다른 방식으로 계산한다.

　불안이 커지는 순간, 우리 마음에서도 비슷한 일이 일어
난다. 머릿속 질문이 슬쩍 바뀐다. '이 선택으로 무엇을 얻을
까?'보다 '이 선택으로 무엇을 잃게 될까?'가 앞줄로 나온다.
그렇게 되면 기준도 함께 이동한다. **성장이나 의미를 향한 방
향이 아니라, 최악을 피하는 쪽으로 시선이 기울기 시작한다.**

　예를 들어, 이직 기회를 얻게 된 한 워킹맘의 사례를 생각
해 보자. 새 회사는 연봉도 괜찮고 성장 가능성도 더 커 보
인다. 하지만 이 문제에는 아이의 학교, 돌봄 환경, 생활 리
듬이 모두 함께 걸려 있다. 새로운 회사에 가면 일도 관계도
처음부터 다시 시작해야 한다. 혹시 맞지 않는다면 지금의

안정적인 생활로 돌아가기 어려울지도 모른다. 그렇게 '잃게 될지도 모르는 것'들이 하나씩 떠오르는 순간 선택은 성장을 위한 기회가 아니라 최악을 피해야 하는 무거운 과제가 된다.

이런 반응은 자연스럽다. 사람은 이득보다 손실에 더 민감하게 반응하는 경향이 있기 때문이다. 특히 삶의 기반이 어느 정도 자리 잡은 시기에는 지켜야 할 것들이 늘어난다. 아이의 생활, 가족의 안정, 직장에서의 위치 같은 것들이다. 그래서 무엇을 잃지 않을지를 먼저 생각하는 태도는 소심함이라기보다는 삶을 책임지는 사람의 합리적인 감각에 가깝다.

다만 문제는 이런 기준이 결정을 가볍게 해주기보다 더 무겁게 만들 때가 있다는 점이다. 조심할수록 모든 선택이 위험해 보이고, 결국 아무것도 고르지 않는 것이 가장 안전해 보이기 시작한다. 그 안전함은 안도감을 주지만, 동시에 가능성을 함께 묶어버린다.

그래서 필요한 것은 불안을 없애는 방법이 아니라 내 시선이 지금 어디에 머물러 있는지 살펴보는 일이다. 나는 지금 '얻을 것'을 보고 있는가, 아니면 '잃지 말아야 할 것'에만 붙들려 있는가. 때로는 잃을 것에 대한 두려움에 가려져 있던 '원하는 것'에도 시선을 돌려볼 필요가 있다. 이 구분이 살아나는 순간, 선택은 다시 움직일 공간을 찾기 시작한다.



나는 왜 결정이 두려운가

# 두려움은 경고일까,
# 과장된 예보일까

두려움이 올라올 때 그것을 그대로 따라야 하는지 망설여지는 순간이 있다. 중요한 신호처럼 느껴지는 동시에 과장된 반응 같기도 하다. 이런 혼란은 두려움이 하나의 역할만 하지 않기 때문에 생긴다.

두려움에는 크게 두 가지 결이 있다. 하나는 실제로 점검이 필요한 상황에서 올라오는 반응이다. 계약 조건을 충분히 살피지 않은 채 서명하려 할 때 느껴지는 불안, 준비가 충분하지 않은 상태에서 일을 밀어붙이려 할 때의 긴장감은 행동을 멈추게 한다. 이때의 두려움은 '조금만 더 확인해 보자'는 신호에 가깝다.

다른 하나는 과거의 경험이 현재를 덮어쓰며 만들어낸 반응이다. 이전의 실패, 비난받았던 기억, 창피했던 장면이 지금의 선택 위에 겹쳐지면서 아직 벌어지지 않은 일을 이미 정해진 결말처럼 느끼게 만든다. 이 경우 두려움은 현재보다 앞서 달린다.

이 두 흐름을 구분하지 못하면, 마음은 모든 두려움을 같은 위험 신호로 받아들이게 된다. 그러면 선택은 점점 더 보수적으로 기울고, 아무것도 고르지 않는 쪽이 가장 안전해 보이기 시작한다. 이럴 때는 두려움을 설득하거나 밀어내는 대신 조금 느린 질문을 하는 것이 도움이 된다.

- 이 두려움이 말하는 위험은 구체적인가, 아니면 막연한가?
- 정말로 문제가 생긴다면, 내가 대응할 방법이 있는가?
- 이 상황이 아니라도 나는 늘 비슷한 순간마다 같은 불안을 느껴왔는가?

이 질문에 답하다 보면, 어떤 두려움은 '지금 한 번 더 점검하라'는 현실적인 경고로 남고, 어떤 두려움은 과거의 장면이 반복 재생되는 메아리라는 사실이 드러난다. 여기서 중요한 건 두려움을 없애는 일이 아니라, 이 감정이 어디에서 왔는지, 근거가 있는지를 구분해 보는 일이다. 감정의 근원을 찾아냈을 때, 두려움은 더 이상 선택을 막는 장애물이 아니라 판단에 참고할 수 있는 정보로 자리를 옮긴다.

## 두려움은 종종 '가치'를 품고 있다

두려움이 커질수록 우리는 그 감정을 빨리 없애고 싶어 한다. 불편하고 번거로운 신호처럼 느껴지기 때문이다. 하지만 속도를 조금 늦춰 그 감정을 들여다보면, 두려움은 단순한 방해물이 아니라 특정한 방향을 가리키고 있다는 사실이 보이기 시작한다. 그 방향은 대개 내가 무엇을 소중하게 여기는가와 맞닿아 있다.

사람들 앞에서 의견을 말하는 일이 유난히 두려운 사람을 떠올려 보자. 겉으로 드러나는 걱정은 '혹시 이상하게 보이면 어쩌지?'라는 생각이다. 그런데 조금 더 깊이 들어가 보면 이런 마음에 닿게 된다. '이 관계를 망치고 싶지 않다.' '사람들 사이에서 밀려나고 싶지 않다.' 관계를 망칠 수 있는 미세한 가능성에도 민감하게 반응할 만큼, 상대와의 연결을 절실히 원하는 마음이 두려움의 진짜 뿌리인 셈이다.

이 연결 고리를 잘 보여주는 흥미로운 심리학 연구가 하나 있다. 사회적 배제에 관한 연구로 잘 알려진 '사이버볼cyberball 실험'[27]이다. 이 실험에서 참가자들은 온라인으로 공을 주고받는 간단한 게임에 참여한다. 처음에는 다른 사람들과 공을 주고받으며 게임이 자연스럽게 진행된다. 그런데 어느 순간부터 다른 사람들이 의도적으로 공을 주지 않는다. 사실 이들은 실제 사람이 아니라 연구자가 조작한 가상의 참가자들이다.

결과는 짧지만 분명했다. 이 짧은 배제 경험만으로도 참가자들은 강한 불안, 위축, 소외감을 느꼈고, 자존감과 소속감이 눈에 띄게 낮아졌다. 뇌 영상 연구에서는 이때 활성화되는 부위가 신체적 통증과 겹친다는 점도 확인되었다. 이는 사람들이 사회적 상황에서 느끼는 두려움은 과민한 반응이 아니라, 소속과 관계가 얼마나 중요한지를 반영하는 정서적 반응이라는 점을 시사한다. 즉, 배제에 대한 두려움은, 연결되고자 하는 욕구가 다른 모습으로 나타난 것이다.

이 지점에서 융의 '페르소나persona'와 '그림자shadow' 개념[28]을 떠올려볼 수 있다. 융에 따르면 우리는 사회 속에서 살아가기 위해 타인에게 보여주고 싶은 모습인 '페르소나'를 형성한다. 이는 사회적 역할을 수행하기 위한 필수적인 장치이다. 다만 그 과정에서 드러내기 어려운 감정과 욕구는 자연스럽게 뒤편으로 밀려난다. 융은 이 억눌린 영역을 '그림자'라고 불렀다. 흥미로운 점은, 어떤 가치를 중요하게 여길수록 그 가치와 어긋날 수 있는 감정이 더 강하게 그림자로 밀려난다는 사실이다. 관계를 소중히 여기는 사람일수록 갈등을 일으킬 수 있는 공격성이나 자기주장을 더 불편하게 느낀다. 인정받고 싶은 욕구가 큰 사람일수록 작은 실수도 크게 느껴진다. 그만큼 잃고 싶지 않은 이미지가 있기 때문이다.

이런 모습은 일상에서도 쉽게 발견된다. '유능한 중간 관리자'라는 페르소나를 중요하게 여기는 사람에게 가장 견디기 힘든 두려움은 '능력 없는 사람처럼 보일 가능성'이다. 그래서 한 번의 실수도 단순한 판단 오류가 아니라 자신의 능력 전체가 의심받는 경험처럼 느껴진다. '책임감 있는 부모'라는 역할을 진지하게 받아들이는 사람에게도 비슷한 일이 일어난다. 아이에게 화를 내고 난 뒤 찾아오는 불편함은 단순한 후회가 아니라 '나는 좋은 부모가 아닐지도 모른다'는 두려움으로 이어지기 쉽다. 어떤 역할을 진심으로 중요하게 여길수록 그 반대편에는 더 큰 그림자가 생긴다.

융은 이런 그림자를 없애야 할 문제로 보지 않았다. 오히려 심리적 성숙이란, 그림자가 존재한다는 사실을 알아차리고 그것을 의식의 영역으로 조금씩 불러오는 과정에 가깝다고 보았다. 이 관점에서 보면 **두려움은 결함이라기보다 내가 어떤 페르소나를 지키며 살아가고 있는지를 알려주는 단서가 된다.** 어떤 모습이 유독 두렵게 느껴진다면, 그 반대편에는 내가 소중하게 여기는 가치와 정체성이 놓여 있을 가능성이 크기 때문이다.

그래서 이직이 두려운 사람은 안정이라는 가치를 중요하게 여길 수 있고, 실패가 두려운 사람은 성장이나 성취를 진지하게 받아들이는 사람일 수 있다. 거절이 두려운 사람은 인정과 연결을 중요하게 여길 가능성이 크다. 두려움만 없애려 할 때 선택의 기준은 흐려지지만, 그 안에 담긴 가치를 바라보면 질문은 이렇게 바뀐다.

'이 두려움은 내 안에서 무엇을 지키려 하고 있는 걸까?'

# 긍정이 또 다른
# 강박이 될 때

두려움을 대하는 또 하나의 흔한 방식은 두려움을 밝은 말로 덮어버리는 것이다. '괜찮아. 잘될 거야.' '이 정도는 다들 겪는 거잖아.' 물론 긍정적인 태도는 도움이 된다. 다만 이 말들이 어느새 '두려워하면 안 된다'는 기준으로 바뀌는 순간 상황은 조금 달라진다. 불안을 느끼는 나 자신을 다독이기보다는 불안을 느끼는 것 자체를 문제 삼게 된다.

한 직장인의 사례를 떠올려보자. 기획팀에서 일하는 지수는 최근 중요한 프로젝트의 총괄을 맡게 되었다. 팀장의 기대도 컸고, 임원 보고 일정도 촘촘했다. 처음에는 '한 단계 성장할 기회'라며 스스로를 다독였다. 불안이 올라올 때마다 이렇게 되뇌며 마음을 눌렀다. '괜히 쫄지 말자. 다들 이렇게 하면서 크는 거잖아.' 하지만 불안은 사라지지 않았다.

대신 다른 모습으로 나타났다. 회의 전날 밤이 되면, 자료의 작은 오류 하나에도 심장이 빨리 뛰었고, 머릿속에는 이런 생각이 떠올랐다. '이 정도 불안해하는 건 문제가 있어.' '다른 사람들은 다 잘하는데, 왜 나만 이러지?'

이 시점에서 지수의 마음에는 두 가지 부담이 겹쳐 있었다. 하나는 프로젝트를 잘 해내야 한다는 상황 자체에서 오는 긴장이고, 다른 하나는 그 긴장을 느끼는 자신을 못마땅하게 바라보는 시선이었다. 이렇게 되면 마음은 더 움츠러든다. 불안은 줄어들지 않고, 오히려 그 위에 '불안해하면 안 된다'는 기준이 하나 더 얹힌다. 겉으로는 씩씩하게 버티는 것처럼 보이지만, 안에서는 점점 숨이 가빠진다. 긍정으로 버티는 방식이 오히려 에너지를 더 많이 소모시키는 이유다.

이쯤에서 시선의 방향을 조금 바꿀 필요가 있다. 두려움이 있다는 사실 자체가 잘못은 아니다. 중요한 건, 그 감정을 없앤 뒤에야 움직일 수 있다고 믿느냐, 두려움이 있는 상태에서도 선택과 행동이 가능하다고 믿느냐의 차이다. 지수가 마음을 조금 다르게 바라보기 시작하자 변화가 나타났다. '불안한 내가 이상한 게 아니야. 불안하다는 건 이 일이 나에

　　　　　　　　　나는 왜 결정이 두려운가

게 그만큼 중요하다는 뜻일 수도 있겠구나.' 이렇게 생각하
자 불안을 눌러 없애야 할 대상으로 보지 않게 되었다. 불안
을 다룰 수 있는 여지가 생긴 것이다. 완벽한 자료를 한 번
에 만들어야 한다는 부담을 내려놓고서 오늘은 핵심 구조만
점검하고 내일은 숫자를 다시 보자는 식으로 일을 나눌 수
있었다.

두려움과 싸우는 법을 배우는 것이 아니라 두려움과 함께
움직이는 연습에 가까웠다. 두려움이 있어도 한 걸음은 내
디딜 수 있다. 그 작은 걸음들이 쌓일수록 마음은 서서히 단
단해진다.

# 두려움이 말해주는
## '내가 진짜 원하는 것'

두려움을 가치의 언어로 다시 읽어보면, 선택을 바라보는 관점도 함께 달라진다. '이게 무서운가?'라는 질문 대신 '이 두려움이 붙잡고 있는 것은 무엇일까?'라는 물음이 앞에 온다.

심리학에서는 오래전부터 인간의 행동을 두 가지 힘의 움직임으로 설명해 왔다. 무언가를 향해 다가가게 만드는 힘과 잃지 않기 위해 물러서게 만드는 힘이다. 이를 흔히 '접근-회피 갈등'이라고 부른다. 여기서 자주 오해되는 지점이 있다. 회피가 나타난다고 해서 그 사람에게 접근 욕구가 없다고 보기는 어렵다. 오히려 많은 경우, 강한 회피는 강한 접근 욕구가 다른 모습으로 드러난 결과로 볼 수 있다.

발표가 유난히 두려운 사람을 떠올려보자. 그 두려움은

발표 자체가 싫어서가 아니라 다음과 같은 마음에서 비롯되는 경우가 많다. '나는 이 일을 대충 하는 사람으로 보이고 싶지 않다.' '내가 맡은 역할을 책임감 있게 해내고 싶다.' 이 가치들이 중요할수록 그 가치를 위협할 수 있는 상황 앞에서 두려움이 먼저 고개를 든다.

연애를 시작하는 게 두려운 경우도 비슷하다. 겉으로는 상처받기 싫어서인 것처럼 보이지만, 조금만 더 들여다보면 '진짜로 연결되고 싶다' '의미 있는 관계를 맺고 싶다'는 마음이 그만큼 크기 때문일 수 있다. 관계에 대한 욕구가 크지 않다면, 그렇게까지 마음이 요동칠 이유도 없다.

결국 두려움은 나를 멈추게 하는 신호인 동시에 나를 설명해 주는 단서이기도 하다. 두려움은 언제나 '하지 마'라고 말하는 감정이라기보다는 '이건 나에게 중요하다'라는 메시지를 품고 있는 경우가 많다. 그래서 필요한 것은 두려움을 없애는 기술이 아니라 **두려움을 번역해 보는 시도**이다. 이 감정이 지키려는 가치가 무엇인지, 내가 어떤 사람으로 살고 싶기에 이 상황이 이렇게 크게 느껴지는지, 두려움을 밀어내지 않고 그 의미를 풀어낼 수 있을 때 선택은 한결 또렷해

진다. 그 순간 선택은 더 이상 두려움과의 싸움이 아니라 내
가 중요하게 여기는 가치를 어떤 방식으로 구현하며 살아낼
것인가에 대한 문제로 옮겨 간다.



나는 왜 결정이 두려운가

# 긍정보다 중요한
# 균형 감각

우리는 종종 두려움을 느끼는 자신을 다그친다. '긍정적으로 생각해야지.' '마음먹기에 달린 거야.' 이런 긍정적인 태도가 힘이 되는 순간도 분명 있다. 다만 긍정이 한쪽으로 기울기 시작하면, 마음은 오히려 더 불안해지기도 한다. 한편에서는 불안과 두려움이 분명한 신호를 보내고 있는데, 다른 한편에서는 '별거 아니야. 이 정도로 흔들리면 안 돼'라면서 그 신호를 애써 덮어버린다.

이렇게 되면 마음속에서는 두 감정이 마주 앉지 못한 채 서로를 밀어내는 상태가 된다. 두려움은 억누를수록 다른 모습으로 되돌아오고, 긍정은 점점 스스로를 설득하는 말처럼 느껴진다. 균형 감각이란, 어느 한쪽을 이겨내는 태도와는 다르다. 두 마음이 동시에 존재한다는 사실을 인정하며,

서로를 침묵시키지 않은 채 함께 두는 힘이다.

예를 들어, 새로운 도전을 앞두고 이런 생각이 떠오른다. '잘해낼 수 있을까?' 이때 균형에 가까운 태도는 이렇게 말한다. '잘해내고 싶은 마음도 있고, 실패가 두려운 마음도 함께 있구나.' 긍정이 '괜찮아. 잘될 거야'라고 말한다면, 균형은 '잘되고 싶은 만큼 조심스러운 마음이 따라오는 게 자연스럽다'고 받아들인다.

이 차이는 사소해 보이지만, 선택 이후를 견디는 힘에서는 꽤 큰 차이를 만든다. 긍정만으로 밀어붙일 때는 결과가 어긋났을 경우 무너질 여지가 커지지만, 균형을 유지한 선택은 넘어지더라도 다시 일어날 공간을 남긴다.

상담 장면에서 자주 만나는 사람들이 있다. 겉으로는 늘 밝고 자신을 잘 다독이는 것처럼 보인다. 그런데 조금만 깊이 들어가 보면, 마음 한편에는 여전히 이름 붙여지지 않은 불안이 남아 있다. 그 불안은 '긍정적인 사람에게 어울리지 않는 감정'으로 분류되어 오랫동안 말해지지 못한 채 쌓여 온 경우가 많다. **이럴 때 필요한 건 더 단단한 긍정이 아니다. '그래도 불안할 수 있다'는 허용이다.**

균형 감각은 이렇게 작동한다. 두려움을 느끼는 나도 나
이고 앞으로 나아가고 싶은 나도 나이다. 어느 한쪽을 제거
해야 할 대상으로 보지 않는다. 그래서 균형 잡힌 선택은 때
로는 느려 보인다. 하지만 그 선택은 흔들리더라도 쉽게 무
너지지 않는다. 긍정으로 버티는 선택보다 균형 위에 선 선
택이 더 오래간다.

# 해야 할 일을
## '할 수 있는 일'로 바꾸기

두 마음이 충돌할 때 사람들은 흔히 극단으로 간다. 하나는 자신을 몰아붙이는 쪽이고, 다른 하나는 아예 손을 떼어버리는 쪽이다. '이 정도도 못 하면 안 되지.' '역시 난 안 돼.' 방향은 다르지만, 이 두 반응이 닿는 지점은 같다. 결국 우리를 제자리에 멈춰 세우는 것이다.

이때 필요한 건 의지를 더 끌어올리는 일이 아니라 지금 선택의 크기를 다시 살펴보는 일이다. '해야 할 일'을 그대로 붙잡기보다 '지금 이 상태에서도 가능한 일'로 한 번 더 쪼개보는 것이다.

- 완성해야 할 보고서 → 제목 한 줄 적어보기
- 1시간 운동 → 운동복 입고 집 앞까지 나가기

　　　　　　　　　나는 왜 결정이 두려운가

• 중요한 대화 → 메시지 한 줄 보내기

이렇게 문턱을 낮추면, 두려움이 완전히 사라지지 않아도 몸을 움직일 수 있다. 두려움은 여전히 옆에 있지만, 방향을 잡는 자리에까지 올라오지는 않는다.

## 두 마음이 충돌할 때 기억하면 좋은 가이드라인

---

**1. 몰아붙이거나 포기하고 싶어질 때는 이미 과부하가 걸렸다는 신호이다.**
'이 정도도 못 하면 안 되지'와 '역시 난 안 돼'는 방향만 다를 뿐 둘 다 행동을 멈추게 만드는 같은 경고음이다. 이 신호가 나타나면 의지를 점검하기보다 접근 방식을 바꿔야 한다.

**2. 의지를 키우려 하지 말고 선택의 크기를 줄인다.**
움직이지 못하는 이유는 마음이 약해서가 아니라 지금 들고 있는 선택이 너무 커서인 경우가 많다. 이럴 땐 의지를 키우는 대신 행동을 작게 쪼개는 게 먼저이다.

▶▶▶

### 3. '해야 할 일'은 유지하고, '지금 할 수 있는 일'만 다시 적는다.

목표를 없앨 필요는 없다. 다만 질문을 바꾼다. '오늘 끝낼 수 있을까?'가 아니라 '지금 이 상태에서도 할 수 있는 건 뭘까?'

### 4. 10분 안에 끝나지 않으면, 아직 크다.

지금 정한 행동이 10분 안에 끝나지 않는다면, 그건 여전히 '해야 할 일'에 가깝다. 행동이 작아질수록 두려움은 운전자가 아니라 동승객으로 밀려난다.

### 5. 두려움이 사라질 때까지 기다리지 않는다.

두려움은 함께 따라오는 조건이다. 두려움이 사라지길 기다리면 출발은 계속 미뤄진다. 두려움이 있어도 가능한 것에서 움직이기 시작한다.

### 6. 행동이 먼저 가면, 감정은 뒤따라온다.

용기가 생겨서 움직이는 게 아니라 조금 움직였기 때문에 용기가 따라온다. 감정을 바꾸려 하지 말고, 행동의 위치를 한 칸 옮기기만 한다.

### 7. '완성' 대신 '접속'을 목표로 삼는다.

오늘의 목표는 끝내는 것이 아니라 그 일과 다시 연결되는 것이면 충분하다. 제목 한 줄, 파일 열기, 메시지 한 줄이면 된다.

### 8. 두려움은 운전석에서 내려올 때 제 역할을 한다.

두려움이 완전히 없어질 필요는 없다. 다만 두려움이 방향을 결정하지 않게만 하면 된다. 운전은 내가 하고, 두려움은 옆자리에 앉아도 괜찮다.



나는 왜 결정이 두려운가

**두려움은 방향을 알려주는 나침반이다**

두려움이 있다는 건, 지금 내가 의미 있는 갈림길 앞에 서 있다는 뜻일 가능성이 크다. 아무 의미 없는 선택 앞에서는 이렇게까지 마음이 흔들리지 않는다. 두려움은 나를 멈추게 하려는 감정이 아니라 어디를 향하고 있는지를 되묻게 하는 감정일 수 있다. 두려움을 없애려고 애쓸 필요는 없다. 오히려 그 두려움이 지키려는 가치를 먼저 바라볼 때 선택은 훨씬 단단해진다. 두려움이 지키려는 가치를 알아차리는 순간, 선택은 이미 한 걸음 앞으로 움직이고 있다.

**실천 과제**

# 감정 뒤에 숨은 내 가치 찾기

두려움은 우리를 멈추게 하는 방해물이 아니라, 우리가 무엇을 소중히 여기는지 알려주는 정교한 나침반입니다. 이 연습의 목적은 막연한 불안 뒤에 숨겨진 당신의 '핵심 가치'를 발견하고, 두려움과 동행하며 나아갈 수 있는 최소 단위의 행동을 찾는 데 있습니다.

① 지금 내가 망설이고 있는 것 적기(한 가지)

_______________________________________________

_______________________________________________

_______________________________________________

_______________________________________________

② 이 상황에서 가장 먼저 떠오르는 두려움은 무엇인가?

_______________________________________________

_______________________________________________

_______________________________________________

_______________________________________________



내 안의 두 마음과 잘 지내는 법

③ 이 두려움이 지키려는, '잃고 싶지 않은 것' 적기 (최대 세 가지)

④ 아래 가치 중 지금 내 두려움과 가장 맞닿아 있는 것 고르기

(안정 / 성장 / 관계 / 인정 / 자유 / 성취 / 의미 / 건강 / 책임 / 즐거움)

⑤ 이 가치를 지키면서도 내가 지금 할 수 있는 가장 작은 행동 한 가지는 무엇인가? (10분 안에 끝낼 수 있는 행동이면 충분합니다.)

# 6장.
# 선택 이후

완벽한 선택보다
후회를 감당할 수 있는
선택을 하는 법

# 우리는 왜 선택보다
# '선택 이후'에 더 힘들어질까

선택은 누구에게나 어렵다. 다만 실제로 사람을 더 오래 붙잡아 두는 건, 선택의 순간보다 그 이후에 찾아오는 생각들이다. '그때 왜 그랬을까.' '조금만 더 참았어야 했나.' '다시 돌아갈 수 있다면 다르게 할 수 있지 않을까.' 이런 질문들은 대개 선택 직후보다 시간이 조금 흐른 뒤에 본격적으로 고개를 든다. 그리고 이 질문이 반복될수록 마음속에서는 미묘한 변화가 일어난다. 처음에는 하나의 결정이었던 일이 점점 커지면서 그 선택을 내린 나 자체가 흔들리기 시작한다. '뭔가 잘못된 것 같아.' '내가 너무 미숙했나 봐.'

이 흐름을 조금 멈춰 세울 필요가 있다. 이렇게까지 힘들어지는 이유가, 정말로 선택이 잘못되었기 때문일까. 아니면 선택 이후의 나를 지나치게 가혹한 기준으로 재단하고

     나는 왜 결정이 두려운가

있기 때문일까.

이 장에서는 선택을 잘하는 법보다, 이미 내려진 선택을 어떻게 견뎌내고 다루는지에 시선을 두려 한다. 후회를 없애는 완벽한 방법은 없을지라도, 선택 이후에 내 마음을 무너뜨리지 않기 위한 태도는 분명 존재한다.


**후회는 '잘못된 선택'보다 '잘못된 해석'에서 커진다**


선택이 끝난 뒤에도 생각이 꼬리에 꼬리를 물 때가 있다. 이때 우리를 가장 지치게 만드는 것은, 사실 결정 자체라기보다 그 결정에 대한 나의 해석일 때가 많다.

많은 사람들은 후회가 드는 이유를 자신이 '잘못' 선택했기 때문이라고 생각한다. 하지만 비슷한 선택을 했는데도 어떤 사람은 비교적 빠르게 일상으로 돌아오고, 어떤 사람은 같은 지점에서 오랫동안 자신을 몰아붙인다. 이 차이를 만드는 것은 선택의 결과가 아니라 **선택을 해석하는 방식**이다.


후회가 깊어질수록 사람들은 하나의 선택을 점점 더 크게 확장한다. '이번 선택은 아쉬웠어'가 아니라 '나는 늘 이런 선택을 하는 사람이다'로 의미가 옮겨 가는 것이다. 이 지점에서 자책은 더 이상 선택을 돌아보는 작업이 아니다. 자기 전체를 평가하는 방향으로 이동한다. 그러면 후회는 단순한 감정을 넘어서서 자기 정체성을 공격하는 언어가 된다.

마케팅팀에서 일하는 준호는 몇 달 전 이직을 했다. 이직으로 연봉은 조금 올랐지만 새로운 조직은 생각보다 낯설었고 업무 속도도 이전 직장보다 훨씬 빨랐다. 입사 후 몇 달이 지나자 준호의 마음속에는 후회가 조금씩 스며들기 시작했다.

흥미로운 점은, 비슷한 시기에 이직한 동기 민수의 반응이었다. 민수 역시 같은 어려움을 겪고 있었지만 이렇게 말했다. "생각보다 힘들긴 한데, 당시 상황에서는 그 선택이 나름대로 최선이었어." 반면 준호의 마음속에서는 다른 말이 반복되고 있었다. '왜 나는 항상 이런 선택을 할까. 역시 난 판단력이 부족한 사람인가 봐.'

두 사람의 선택은 크게 다르지 않았다. 차이는 선택 이후 자신에게 건네는 해석의 방향이었다. 준호는 그 결정을 '당

　　　　나는 왜 결정이 두려운가

시의 조건 속에서 내려진 선택'으로 두지 못한 채 '나라는 사람을 설명하는 증거'로 끌어당기고 있었다. 그 순간부터 후회는 경험을 되짚는 감정에서 자기 비난을 합리화하는 근거로 바뀐다.


## 기본적 귀인 오류:
## 사람들은 왜 자신을 더 가혹하게 평가할까


이런 현상은 개인의 성격이나 의지의 문제가 아니다. 심리학에서는 오래전부터 사람들이 실패를 어떻게 해석하는지를 설명해 온 개념이 있다. 사회심리학자 로스Ross[29]는 사람들이 타인의 행동은 상황 탓으로 설명하면서도, 자신의 실패는 성격이나 능력 같은 내부 요인으로 돌리는 경향이 있음을 보여주었다. 이를 '기본적 귀인 오류fundamental attribution error'라고 한다.


이러한 경향은 후회가 개입된 상황에서 더욱 또렷해진다. 스스로의 선택이 기대만큼 풀리지 않았을 때 우리는 '내가 부족해서 그래'라는 해석으로 쉽게 기운다. 이런 내부 귀인은 후회를 더 오래 붙잡아 두고, 자기 효능감을 빠르게 떨어뜨린다. 같은 결과라도 원인을 '나 자신'에게 돌릴수록 회복은 더 늦어진다.

결국 후회가 커지는 이유는, 선택 자체의 질보다는 그 선택을 '나라는 사람 전체의 문제'로 확대하여 해석하는 과정에 있다.


이러한 자기 비난은 단순한 생각 습관에 그치지 않는다. 뇌는 자신을 비난할 때와 상황을 고려할 때 서로 다른 방식으로 반응한다.

신경 영상fMRI 연구[30]에 따르면, 사람들은 자신을 비난하는 해석self-blame을 할 때 전하부 대상 피질subgenual cingulate cortex과 측두 두정 접합부temporoparietal junction 등 정서 조절과 자기 반추, 책임 귀인과 관련된 뇌 영역 간 연결이 더 강하게 활성화된다. 이러한 신경 연결 양상은 우울감, 반복적 자기 반추, 정서적 취약성과 연관되어 있었고, 후회와 자책이 쉽게 가라앉지 않는 경향과도 연결되어 있었다. 즉, 뇌는 자신을 비난하는 해석을 할수록 그 감정 상태에 더 오래 머무르도록 반응한다. 선택이 잘못된 것처럼 느껴지는 순간, 그 선택을 '당시의 판단'이 아니라 '나의 결함'으로 해석하게 되면,

정서 및 반추와 관련된 뇌 회로는 더 강하게 작동하고, 후회는 쉽게 사그라지지 않는다. 이 연구는 선택 후 자책이 단순한 태도의 문제가 아니라, 뇌 수준에서도 회복을 어렵게 만드는 방식으로 작동함을 시사한다.

## '나쁜 선택'이 '나쁜 나'를
## 의미하지는 않는다

선택 후 자책을 줄이기 위해 가장 먼저 해볼 수 있는 건 선택과 나를 같은 자리에 두지 않는 연습이다. 이 선택이 만족스럽지 않다는 사실과 내가 부족한 사람이라는 평가는 같은 이야기가 아니다. 선택은 언제나 그 당시의 정보, 감정 상태, 환경과 관계 속에서 이루어진다. 반면 나는, 그 하나의 선택보다 훨씬 넓은 시간 위에 놓인 존재이다. 선택은 '그 순간의 결정'이지만, 나는 배우고 수정하고 다시 시도할 수 있는 사람이다.

그러니 한 번의 선택으로 나를 규정하는 일은 섬네일 하나로 영화 전체를 판단하는 것에 가깝다. 선택을 나의 본질로 끌어올리는 순간, 후회는 '이 선택이 아쉬웠다'를 넘어 '나는 원래 이런 사람'이라는 정체성 판단으로 커진다. 반대



나는 왜 결정이 두려운가

로 선택을 다시 맥락 속으로 돌려놓으면, 후회의 방향도 달라진다. 그때는 이런 조건이었다고 이해하는 순간, 후회는 형벌이 아니라 배움의 크기로 줄어든다.


**자기 자비:**

**'봐주는 말'이 아니라 '해석 구조'를 바꾸는 힘**


이 지점에서 도움이 되는 태도가 '**자기 자비, 혹은 자기 연민** self-compassion'이다. 자기 자비는 자기합리화나 느슨한 태도가 아니다. 자기 자비는 고통을 해석하는 방식을 바꾸는 쪽에 가깝다. 자기 자비는 보통 다음 세 가지 요소로 설명된다.[31]

① 실수한 나를 공격하지 않고 친절하게 대하는 자기 친절 self-kindness

② 나만의 문제가 아닌 공통된 인간성common humanity으로 받아들이기

③ 감정에 휩쓸려 과장하지 않고 있는 그대로 알아차리는 마음 챙김mindfulness

여기서 중요한 건 '나에게 착한 말을 해주자'가 아니다. 자기 자비의 핵심은 후회를 해석하는 구조 자체를 바꾸는 데 있다. 후회가 깊어질수록 사람들은 흔히 '사건(선택)'을 '정체성(나)'의 문제로 끌어올린다. '이 선택이 아쉬웠다'가 '나는 무능하다'로 바뀌는 순간, 후회는 감정이 아니라 자기 평가의 형벌이 된다. 자기 자비는 바로 그 연결 고리를 끊는다. 책임은 남겨두되(행동 수정), 정체성에 대한 처벌은 내려놓는 방식이다.

실제 연구들도 자기 자비가 '후회를 덜 느끼게 하는 위로의 말'이 아니라 실패 이후의 회복과 다음 행동을 돕는 실용적인 태도임을 보여준다. 예를 들어, 리어리Leary와 동료들[32]은 참가자들에게 창피하거나 실패했던 경험을 떠올리게 한 뒤, 자기 자비를 유도한 조건과 비교 조건에서의 반응을 살폈다. 자기 자비를 더 많이 사용하는 사람들(혹은 자기 연민의 방향으로 유도된 사람들)은 실패를 떠올릴 때 자기 비난, 수치심, 반추가 더 적었고, 정서적으로도 더 안정적인 반응을 보였다. 이들은 현실을 부정하지 않았지만, 고통을 '나 전체'로 확장하지도 않았다.

또 다른 연구에서 브레이네스Breines와 첸Chen[33]은 자기 연

          나는 왜 결정이 두려운가

민의 방향으로 유도된 참가자들이 실패 이후 오히려 자기 개선 동기(다음에 더 잘하고 싶다)를 더 높게 보고한다는 결과를 제시했다. 흔히 '자기에게 관대하면 발전이 멈춘다'는 직관이 있지만, 적어도 이 연구들은 정반대의 흐름을 보여준다. 자기 비난은 당장은 긴장감을 높일 수 있지만, 시간이 지나면 회피, 무기력, 반추로 이어지기 쉽다. 반면 자기 자비는 '괜찮다'가 아니라 '다시 해볼 수 있다'로 마음의 방향을 돌린다.

또한 자기 자비 수준이 높은 사람들은 불편한 피드백이나 실패를 방어적으로 회피하는 대신 비교적 균형 있게 자신을 평가하는 경향이 보고되어 왔다.[34] 이 균형감이 바로 '선택을 평가'하되 그 평가가 곧바로 '나'에 대한 판결문이 되지 않도록 지켜주는 심리적 토대가 된다.

따라서 후회를 없애려 애쓸 필요는 없다. 후회는 선택 이후 자연스럽게 따라오는 감정이며, 완전히 제거할 수 있는 대상도 아니다. 다만 그 후회가 나 전체를 설명하도록 허락하지 않는 태도는 선택할 수 있다. '이 선택은 아쉬웠다'와 '나는 잘못된 사람이다' 사이에 분명한 선을 긋는 것, 그 거리만 확보해도 후회는 더 이상 나를 짓누르지 않는다. 후회를 '형벌'에서 '정보'로 바꾸는 전환, 자기 자비는 그 지점에서 힘을 발휘한다. 선택 이후의 삶을 지키는 것은 언제나 '완벽한 선택'이 아니라 선택을 해석하는 태도이다. 그 태도가 남아 있을 때 다음 선택은 이전보다 조금 더 단단해진다.

후회의 무게를 덜어내고 보다 단단한 내일을 준비하고 싶은 이들을 위해 즉시 적용해볼 수 있는 구체적인 마음가짐, 태도, 행동 지침을 제안한다.


## 후회는 감정이 아니라 회복의 출발점일 수 있다

우리는 흔히 후회를 부정적인 감정으로만 여긴다. 없애야 할 감정, 느끼지 말아야 할 감정처럼 말이다. 하지만 후회를 조금 다른 각도에서 바라보면, 후회는 끝이 아니라 시작에 가깝다. 후회가 생긴다는 것은 그 선택이 나에게 중요했다는 증거이기도 하다. 아무 의미 없는 선택에는 후회도 남지 않는다. 중요한 관계였고, 중요한 기회였고, 나에게 의미 있는 가치가 걸려 있었기 때문에 선택 이후에도 생각이 이어진다. 그런 점에서 후회는 '그 순간의 내가 대충 살지 않았다

　　　　　　　　　　　　　나는 왜 결정이 두려운가

는 흔적'이기도 하다.

이 관점은 '반사실적 사고' 연구와도 맞닿아 있다. 반사실적 사고란 '그때 이렇게 했더라면 결과가 달라졌을 텐데'처럼 실제로 일어나지 않은 다른 가능성을 떠올리는 사고를 말한다. 로스[35]는 반사실적 사고는 언제나 해로운 것은 아니며 이후의 행동을 조정하는 기능을 가질 수 있다고 설명했다. 즉, 후회가 '왜 나는 늘 이럴까'에 머물면 소모가 되지만, '다음에는 무엇을 다르게 할 수 있을까'로 옮겨 가면 학습의 역할을 한다. 예를 들어, 중요한 발표에서 충분히 준비하지 못해 결과가 좋지 않았다고 해보자.

- 소모적인 후회는 이렇게 흘러간다.
  '나는 원래 준비성이 부족해.' → 자존감 저하 → 다음 도전 회피
- 회복적인 후회는 이렇게 바뀐다.
  '준비 시간이 부족했던 게 핵심이구나.' → 다음에는 리허설 조정 → 행동 수정

같은 후회라도 어디에 초점을 두느냐에 따라 결과는 전혀

달라진다.

　문제가 되는 것은 후회 그 자체가 아니다. 후회를 붙잡은 채 같은 장면을 반복 재생하는 방식이다. '그때 그렇게 하지 말았어야 했어.' '다른 선택을 했다면 지금쯤…' 이런 생각들이 문제 해결로 이어지지 않고 자기 비난으로만 맴돌 때 후회는 회복의 자원이 아니라 정서적 소모가 된다.

　여기서 반추와 성찰reflection의 차이를 구분할 필요가 있다. 놀런-후크세마Nolen-Hoeksema[36]에 따르면, 반추는 같은 질문을 반복하지만 답에 닿지 못하고, 우울과 불안을 유지 및 악화시키는 사고 양식이다. 반면 성찰은 경험을 한 걸음 떨어져 바라보며 의미를 정리하는 과정으로, 정서 회복과 문제 해결에 더 가깝다.

　　나는 왜 결정이 두려운가

## '왜 그랬을까'라는 자책을
## '어떻게 조정할까'라는 정보로 바꾸기

흥미로운 점은 반추와 성찰의 차이가 생각의 내용이 아니라 생각의 방향에 있다는 점이다. 겉으로 보면 둘 다 같은 사건을 계속 떠올리는 것처럼 보이지만, 실제로는 전혀 다른 길을 걷는다. 반추는 같은 질문을 계속 되풀이하며 감정을 더 무겁게 만들지만, 성찰은 생각을 행동의 단서로 옮겨 가게 한다.

반추에 빠져 있을 때는 보통 이런 질문이 머릿속을 맴돈다. '왜 나는 항상 이럴까' '왜 또 이런 선택을 했지' 같은 질문이다. 문제는 이런 질문이 답을 향해 나아가지 않고 점점 더 자기 비난으로 이어지기 쉽다는 점이다. 같은 생각이 계속 반복되고, 생각할수록 기분은 더 가라앉는다. 이때는 잠시 멈춰서 이렇게 물어볼 필요가 있다. '지금 이 생각은 나를 조금 더 이해하게 만드는가, 아니면 나를 몰아붙이고 있는 가.' 이 질문 하나만으로도 생각의 방향이 조금 달라지기 시 작한다.

도움이 되는 방법 중 하나는 질문의 형태를 바꾸는 것이 다. 반추는 대부분 '왜why'라는 질문에서 시작한다. 그런데 '왜 나는 그런 선택을 했을까'라는 질문은 쉽게 '나는 왜 항 상 이런 식일까'라는 자기 평가로 이어진다. 그래서 성찰로 방향을 바꾸려면 질문을 조금 다르게 던져볼 필요가 있다. '왜' 대신 '무엇이 영향을 미쳤을까' '어디에서 판단이 흔들렸 을까'와 같은 질문을 하는 것이다. 질문이 이렇게 바뀌면 생 각의 초점도 '나라는 사람'에서 '그 상황'으로 이동한다.

또 하나 중요한 지점은 감정과 평가를 분리하는 것이다. 반추가 깊어질 때 우리는 종종 이런 식으로 말한다. '이런 선 택을 하다니 나는 역시 무능해.' 하지만 이 문장에는 두 가지 가 섞여 있다. 하나는 선택 이후에 느끼는 감정이고, 다른 하 나는 자신에 대한 평가이다. 이 둘이 한 문장에 묶이면 감정 은 곧바로 정체성의 문제로 확대된다. 그래서 생각을 정리 할 때는 일부러 이렇게 나눠보는 것이 도움이 된다. '그 선택

     나는 왜 결정이 두려운가

이후 불안을 느낀다.' '정보가 충분하지 않은 상태에서 빠르게 결정했다.' 이렇게 표현하면 '나는 무능하다'는 결론 대신 '그 상황에서 이런 판단이 이루어졌다'는 설명이 가능해진다.

여기서 한 걸음 더 나아가면 '그때의 나'와 '지금의 나'를 의도적으로 구분하는 작업이 필요하다. 반추는 종종 과거의 나를 현재의 기준으로 심판하게 만든다. 하지만 대부분의 선택은 당시의 정보, 감정 상태, 주변 환경 속에서 이루어진 것이었다. 그래서 그때의 상황을 다시 복원해 보면 생각이 달라지기도 한다. 그때 내가 알고 있던 정보는 무엇이었는지, 어떤 감정 상태였는지, 어떤 관계나 환경의 압력이 있었는지를 떠올려보면 선택은 '성격의 결함'이 아니라 특정한 조건 속에서 내려진 판단으로 보이기 시작한다.

많은 사람들이 후회를 마주하면 '이 경험이 내 인생에 어떤 의미가 있을까'라는 질문에 오래 머문다. 물론 의미를 찾는 과정도 중요하다. 하지만 성찰이 실제로 힘을 갖는 순간은 생각이 다음 행동으로 이어질 때다. 거창한 교훈을 찾기보다 '다음에 비슷한 상황이 오면 무엇을 조금 다르게 할까'

를 정해보는 것이다. 예를 들어, 감정이 올라올 때 메시지를 바로 보내지 않고 10분 기다린다든지, 중요한 결정을 앞두고 최소 한 사람에게 의견을 물어본다든지 하는 아주 작은 행동이면 충분하다.

마지막으로 성찰에는 마침표가 필요하다. 반추의 특징은 끝이 없다는 것이다. 같은 생각이 계속 반복되며 머릿속을 맴돈다. 반면 성찰은 어느 순간 생각을 정리하고 멈추는 과정이 포함된다. 이때 스스로에게 짧은 문장을 건네는 것도 도움이 된다. '이 선택은 끝났고, 조정은 이제 시작된다.' '후회는 여기까지, 다음 행동은 이것이다.'

이 문장은 생각을 억지로 멈추기 위한 주문이 아니다. 끝없이 이어지려는 반추의 고리에 작은 마침표를 찍는 방식에 가깝다. 후회가 반추로 흐를 때 질문은 '왜 나는 이런 사람일까'에 갇히지만, 성찰로 전환되면 질문은 이렇게 바뀐다. '이 경험이 나에게 무엇을 알려주었을까?' 회복으로 이어지는 후회는 질문이 향하는 방향부터 다르다. 과거를 되짚는 대신 시선이 조금 앞쪽으로 이동한다.

• 이 선택에서 나는 무엇을 알게 되었을까?

 나는 왜 결정이 두려운가

• 지금의 나는 이 경험을 어디에 활용할 수 있을까?

이 질문들은 후회를 과거에 붙들어 놓지 않는다. 경험을 현재로 끌어오고, 다음 행동과 연결한다. 이 지점에는 또 하나의 심리적 기제가 작동한다. 질렌베르흐Zeelenberg와 피터스Pieters[37]는 후회를 단순한 감정이 아니라 '행동을 조정하라는 신호action signal'로 설명했다. 후회는 '잘못됐다'는 처벌이라기보다 '다음에는 이렇게 바꿔보라'는 안내라는 것이다. 실제로 이들은 후회가 강할수록 사람들이 같은 실수를 반복하지 않으려는 '수정 행동corrective behavior'을 더 자주 보인다는 점을 밝혔다. 즉, 후회는 멈춤의 이유가 아니라 조정이 시작되는 지점이 될 수 있다.

일상적인 장면으로 보면 더 분명해진다. 충동적으로 메시지를 보낸 뒤 관계가 어색해졌을 때,

• 후회가 자기 비난으로 흐르면: '나는 왜 항상 말로 관계를 망칠까.' → 관계에서 한발 물러남
• 후회가 신호로 읽히면: '감정이 올라올 때 바로 보내는 게 문제였구나.' → 다음에는 10분 기다리기

　이렇게 보면 후회는 '나를 혼내는 감정'이 아니고 행동을 미세하게 조정하게 만드는 장치에 가깝다. 그래서 후회를 없애려 애쓸 필요는 없다. 후회는 선택 이후 자연스럽게 따라오는 감정이며, 완전히 제거해야 할 대상도 아니다. 다만, 선택할 수 있는 태도가 하나 있다. **후회가 나의 전체를 설명하도록 허락하지 않는 것이다.**

　'이 선택은 아쉬웠다'와 '나는 잘못된 사람이다' 사이에 선을 긋는 것, 그 거리만 확보해도 후회는 더 이상 나를 짓누르지 않는다. 그 순간 후회는 자책의 감정이 아니라 회복을 돕는 기술로 바뀐다. 선택 이후의 삶을 지켜주는 것은 언제나 완벽한 선택을 하는 것이 아니다. 이미 내려진 선택을 어떻게 해석하고 다루느냐가 중요하다. 후회를 어떻게 쓰느냐에 따라, 같은 경험도 어떤 사람에게는 상처로 남고, 어떤 사람에게는 다음 선택의 기준이 된다. 후자의 태도로 임할 때 다음 선택은 이전보다 조금 더 단단해진다.

　　　　　　　　　　　　나는 왜 결정이 두려운가

# 선택 후 자책을 줄이는 마음가짐, 태도 및 행동

## 1) 마음가짐

- '나는 틀린 사람이 아니라 불확실한 조건에서 선택한 사람이다'라는 프레임(framing)으로 돌아온다.
- 후회가 올라올 때 먼저 질문을 바꾸는 것이 핵심이다.

  (×) '내가 왜 그랬지?' → 정체성 공격으로 흐르기 쉬움

  (○) '그때 내가 가진 정보 / 감정 / 관계 압력은 무엇이었지?' → 맥락 복원

## 2) 태도(자기 자비의 3요소 적용하기)

- **자기 친절**: 지금의 나에게 '상식적인 말'을 건넨다. (과장된 위로가 아니라 현실적인 격려)
- **공통된 인간성**: '그 상황이면 누구라도 흔들릴 수 있다'를 한 번은 인정한다. 이렇게 하면 고립감이 줄어든다.
- **마음 챙김**: 감정을 없애려 하기보다 '후회가 올라오고 있네'라고 이름 붙이기부터 해본다. 이를 통해 과잉 동일시가 줄어든다.

## 3) 행동(후회를 학습으로 전환하는 3단계)

- **1단계 사건 기록하기**: '무엇을 선택했는지'를 한 문장으로 기록한다.
- **2단계 맥락 3요소 적기**: 당시의 '정보 / 감정 / 환경(관계 포함)'을 각각 한 줄씩 쓴다.
- **3단계 다음 실험 설계하기**: 다음에는 무엇을 '조금' 다르게 해볼까 생각해 본 후 아주 작은 행동을 정하기

▶ ▶ ▶

※ 포인트는 '반성문'이 아니라 다음 선택의 조건을 개선하는 실험 계획임

## 4) 금지 규칙(후회를 키우는 습관 차단)

- '나는 원래…'로 시작하는 문장은 잠시 보류한다. 이 문장은 사건을 정체성으로 끌어올리는 통로가 될 수 있다.
- '최선 / 완벽'을 기준으로 과거를 재판하지 말 것. 당시에는 지금의 정보를 갖고 있지 않았기 때문이다. 사후 평가가 과도해질수록 후회가 커진다.

# 다시 돌아가도
# 같은 선택을 할 수 있는가

후회를 다룰 때 의외로 도움이 되는 질문이 있다. '다시 그 시점으로 돌아간다면, 나는 같은 선택을 할 수 있을까?' 이 질문은 선택이 옳았는지를 따지지 않는다. 결과의 좋고 나쁨을 가려내려는 것도 아니다. 대신 이 질문은 **그때의 나를 이해할 수 있을지**를 묻는다. 판단의 초점을 결과에서 당시의 조건과 맥락으로 옮기는 질문이다.

우리는 흔히 지금의 정보와 지금의 감정으로 과거를 평가한다. 이미 알게 된 결과, 이미 확보된 여유, 이미 지나온 경험을 기준으로 삼는다. 그러다 보면 과거의 선택은 성급해 보이고, 당시의 나는 미숙해 보이기 쉽다. 하지만 그 시점의 나는 지금의 내가 아니었다. 이 간단한 사실을 우리는 자주 잊는다.

예를 들어보자. 한 사람은 과로 상태에서 제안을 덥석 받아들였다가 나중에 후회한다. 시간이 지난 뒤 이렇게 생각한다. '그때 왜 조금만 더 알아보지 않았을까?'

그런데 그 시점을 다시 떠올려보면, 그는 이미 몇 주째 쉬지 못하고 있었고, 주변에서는 이번 기회를 놓치면 안 된다는 말을 반복하고 있었으며, 거절했을 때 감당해야 할 관계의 부담도 컸다. 여유로운 지금의 상태에서는 과거의 결정이 성급해 보일 수 있지만, **그때의 조건 안에서는 충분히 가능한 선택**이었다.


또 다른 장면을 떠올려보자. 감정이 격해진 상태에서 관계를 정리한 선택을 나중에 후회하는 경우이다. 시간이 지나 감정이 가라앉으면 '조금만 참았으면 달라졌을 텐데' 하는 생각이 든다. 하지만 그 순간의 나를 다시 불러오면, 이미 여러 차례 신호를 보냈고, 지칠 만큼 지쳐 있었으며, 더 이상 자신을 지킬 여력이 남아 있지 않았을 수도 있다. 그 선택이 최선이었는지는 여전히 논쟁의 여지가 있지만, 그 시점의 나로서는 **한계에 가까운 결정**이었을 가능성은 충분하다. 그래서 이 질문을 던질 때는, 그때의 나를 둘러싼 조건을 함께 불러와야 한다.


　　　　　　　　　　나는 왜 결정이 두려운가

- 그때 나는 어떤 정보까지 알고 있었는가.
- 그때 나는 얼마나 지쳐 있었는가.
- 그때 나는 어떤 관계와 기대 속에 있었는가.

이 맥락을 지운 상태에서 '왜 그렇게 했어?'라고 질문한다면, 자신을 재판정에 세워놓고 변호할 기회를 주지 않는 것과 마찬가지다. 결과를 이미 알고 있는 판사가, 당시의 피고인에게 완벽한 판단을 요구하는 셈이다.

반면 '다시 돌아가도 같은 선택을 할 수 있을까?'라는 질문은 완벽함을 요구하지 않는다. 이 질문은 '잘했는가'가 아니라 '그때의 나로서는 그럴 수 있었는가'를 묻는다. 선택을 면죄하려는 질문도 아니고, 책임을 회피하려는 질문도 아니다. 다만 선택과 나를 분리한 채, 그 사이의 맥락을 복원하려는 질문이다.

이 질문에 '그럴 수 있다'고 답할 수 있다면, 후회는 성격 평가나 자기 비난으로 번지지 않는다. 그 선택이 아쉬울 수는 있어도 그 선택을 한 나까지 부정하지 않아도 되기 때문이다. 그 순간 후회는 나를 무너뜨리는 감정이 아니라 나를

이해하게 만드는 감정으로 자리를 옮긴다. 그리고 이해가
생긴 자리에서 비로소 다음 선택을 조금 다르게 할 여지가
열린다.

　　　　　　　　　　　나는 왜 결정이 두려운가

## 선택은 '완결'이 아니라
## 조정 가능한 '과정'이다

우리는 선택을 종종 한 번의 결단으로 과도하게 묶어 이해한다. 마치 그 선택 하나가 모든 가능성을 닫아버리는 것처럼, 인생의 방향이 단번에 고정되는 것처럼 느낀다. 그래서 선택 이후 결과가 마음에 들지 않을수록 생각은 극단으로 기울어진다. '이미 늦었어.' '다 망쳤어.' '되돌릴 수 없어.'

후회가 커지는 지점은 대개 여기다. 선택 그 자체보다, 그 선택을 되돌릴 수 없는 사건으로 해석하는 방식에서 마음이 더 굳어진다. 하지만 실제 삶에서 대부분의 선택은 그렇게 단절적으로 작동하지 않는다. 우리가 흔히 '결정'이라고 부르는 많은 순간들은 완결된 끝이라기보다 과정의 한 지점에 가깝다. 삶은 '한 번 정하면 끝나는 구조'가 아닌 선택-조정-재선택이 이어지는 연속선에 더 가깝기 때문이다.

관계를 떠올려보자. 한 번의 말실수나 선택으로 관계가 완전히 끝났다고 느낄 수 있다. 그래서 '그때 왜 그렇게 했을까' 하는 후회가 오래 남는다. 하지만 실제로 많은 관계는 완전한 단절이 아니라 거리의 변화를 거친다. 연락 빈도를 줄이거나, 기대치를 조정하거나, 대화의 방식을 바꾸는 것만으로도 관계는 다른 국면으로 이동한다. 관계는 '유지냐 종료냐'의 문제라기보다 거리와 방식의 문제인 경우가 훨씬 많다.

일의 방향도 마찬가지다. '이 길을 선택한 이상 다른 선택은 불가능하다'고 느끼기 쉽지만, 실제로는 같은 직무 안에서도 역할은 달라지고, 같은 조직 안에서도 관심 분야는 이동한다. 완전히 다른 길로 가지 않더라도 속도, **방향**, 비중을 **조정하는 선택**은 계속 남아 있다. 한 번의 결정이 모든 문을 닫는 경우는 생각보다 드물다.

결정은 또 다른 선택의 조건이 된다. 오늘의 선택은 끝이 아니라 내일의 선택 조건을 조금 바꾼다. 문제는 우리가 이 연속성을 잊을 때 발생한다. 선택을 점으로만 바라보는 순간, 그 점에 모든 책임과 후회를 몰아넣게 된다.

그래서 관점을 이렇게 옮겨볼 수 있다. **선택을 점이 아니라 과정으로 보는 것**이다. 그러면 질문도 달라진다. '이 선택이 틀렸나?'말고 '**이 선택을 지금 어떻게 조정할 수 있을까?**'

어떤 선택이 부담으로 느껴질 때,

- 완전히 되돌릴 수는 없어도 강도를 낮출 수는 있는지
- 전부 포기할 수는 없어도 방식을 바꿀 수는 있는지
- 지금은 유지하되 종료 시점을 다시 설정할 수는 있는지

이런 질문을 던짐으로써 선택은 다시 움직일 여지를 얻는다.

이 관점은 나를 과거에 붙들어 두지 않는다. '이미 끝났어'라는 문장이 '아직 조정 중이야'로 바뀌면, 후회로 과거를 반복 재생하는 대신 현재로 돌아온다. 그리고 지금 할 수 있는 **선택**을 찾게 한다. 선택을 과정으로 바라보는 인식은 완벽함을 요구하지 않는다. 다만 유연함을 허락한다. 그리고 그 유연함이야말로 후회가 삶을 멈추게 하지 않고 다시 흐르게 만드는 힘이다.

## 실수 이후에도
## 나를 버리지 않는 태도

후회하지 않는 선택을 완벽한 판단의 결과로 이해할 필요는 없다. 정보가 충분했고, 감정이 흔들리지 않았고, 결과까지 정확히 예측했다는 의미도 아니다. 오히려 후회하지 않는 선택이란, 그 **선택 이후의 나를 끝까지 책임질 수 있는 태도**에 더 가깝다. 선택은 언제나 불완전한 조건에서 이루어진다. 그래서 중요한 차이는 선택의 순간이 아니라 **선택 이후에 나를 어떻게 대하는가**에서 생긴다.

그 태도는 거창하지 않다. 다만 몇 가지 방향의 선택으로 드러난다.

• 자책 대신 이해를 선택하는 것

결과가 마음에 들지 않을 때 '왜 이렇게밖에 못 했어'라고

    나는 왜 결정이 두려운가

자신을 몰아붙이는 대신 '그때의 나는 어떤 조건에 있었을
까'라고 한 번 더 바라보는 태도이다. 이는 책임을 회피하는
것이 아니라 책임을 현실적으로 다루는 방식에 가깝다.

• 정지 대신 조정을 선택하는 것

'이미 늦었어'라는 생각 앞에서 멈춰 서는 대신 '지금이라
도 바꿀 수 있는 부분은 무엇일까'를 묻는 것이다. 완전히 되
돌릴 수 없어도 속도, 방향, 거리 중 하나는 조정할 수 있다
는 인식이 선택을 다시 움직이게 만든다.

• 후회 대신 회복을 선택하는 것

후회를 반복 재생하며 자신을 평가하는 대신 그 경험이
남긴 신호를 다음 선택에 반영하는 쪽을 택하는 것이다. 이
때 후회는 감정이 아니라 다음 행동을 위한 정보가 된다.

이런 태도를 가지면 선택은 더 이상 나를 무너뜨리지 않
는다. 선택이 아쉬울 수는 있어도 그 선택을 한 나까지 부정
하지 않아도 되기 때문이다. 삶이 흔들리는 순간에도 '그래
도 나는 여기 있다'는 감각이 남는다.

우리는 모두 불완전한 상태에서 선택한다. 지치고, 서두르고, 충분히 알지 못한 채 결정을 내릴 때가 더 많다. 그럼에도 다시 살아갈 수 있는 이유는, 언제나 옳은 선택을 해서가 아니라 선택 이후에도 나 자신과 함께 남아 있기 때문이다. 결국 후회하지 않는 삶이란, 실수 없는 삶이 아니라 실수 이후에도 스스로를 버리지 않는 삶에 가깝다. 그런 태도를 갖고 있는 한 어떤 선택도 인생의 끝이 되지는 않는다.

 나는 왜 결정이 두려운가

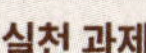



# 후회를 성찰로 바꾸는 5분 루틴

이 연습의 목적은 후회를 나에 대한 '형벌'이 아닌 다음 성장을 위한 '정보'로 재정의하는 것입니다. 자책이 밀려오는 순간, 아래의 5단계 루틴을 통해 선택과 나 사이의 거리를 확보하고 해석의 방향을 수정해 보세요.

### ① 사실 한 줄: 지금 일어난 일 (해석 말고 사실만)

(예: '마감 시한이 임박한 상태에서 추가 검토 없이 최종안을 전송했다.')

--------------------------------------------------------------

--------------------------------------------------------------

--------------------------------------------------------------

--------------------------------------------------------------

### ② 내 마음 한 줄: 지금 느끼는 감정

(예: 불안, 분노, 실망, 창피 등)

--------------------------------------------------------------

--------------------------------------------------------------

--------------------------------------------------------------

--------------------------------------------------------------

③ 내 가치 한 줄: 그 선택으로 지키려 했던 것

(예: '나는 이 업무를 책임감 있게 완수하여 동료들에게 신뢰받고 싶었다.')

--------

④ 다음 행동 1개: 오늘 할 수 있는 가장 작은 회복 행동

(예: '실수 부분을 수정한 뒤 사과 메시지와 함께 수정본을 재전송한다.')

--------

⑤ 자기 자비 문장 1개(정해두기)

- '그때의 나는 조건 안에서 최선을 다했다.'
- '완벽하지 않아도 괜찮다. 회복하면 된다.'
- '지금은 평가의 시간이 아니라 회복의 시간이다.'

--------



내 안의 두 마음과 잘 지내는 법

# 두 마음과 함께
# 살아간다는 것

살다 보면 우리는 자주 이런 질문을 던진다. "도대체 어느 쪽이 진짜 내 마음일까?" 그리고 그 질문에 선뜻 답하지 못할 때, 스스로를 불안정한 사람으로 규정해버린다. 마음이 갈라지는 순간을 실패처럼 받아들이면서 말이다. 하지만 이 책을 여기까지 읽었다면, 이제는 이렇게 말해도 괜찮을 것 같다.

둘 다 내 마음이다.

불안해하는 마음도, 용기를 내고 싶은 마음도, 지치고 싶은 마음도, 계속 버티려는 마음도 모두 나를 지키기 위해 서로 다른 방향에서 손을 흔드는 신호이다. 하나는 위험을 알려주고, 다른 하나는 가능성을 보여준다. 우리가 해야 할 일은 그중 하나를 억누르거나 침묵시키는 것이 아니다. 두 마음이 동시에 존재할 수 있도록, 마음 안에 자리를 내주는 일이다. 완벽한 선택이란 애초에 존재하지 않는다. 다만 선택 이후의 감정을 감당할 수 있는 태도는 기를 수 있다. 후회하지 않는 선택이란 후회가 전혀 없는 선택이 아니라, 후회가 찾아왔을 때 나 자신을 무너뜨리지 않는 선택이다.

그래서 이 책은 줄곧 같은 방향을 가리켜 왔다. "지금 무엇을 해야 할까?"보다 "지금 무엇을 할 수 있을까?"를, "어떤 선택이 옳을까?"보다 "이 선택을 한 나를, 내가 돌볼 수 있을까?"를 묻는 것이다. 두 마음 사이에서 줄타기를 하는 능력, 그것이 성숙한 감정의 기술이다. 균형이란 흔들리지 않는 상태가 아니라, 흔들리면서도 다시 중심으로 돌아오는 힘이다. 앞으로도 우리의 마음은 자주 갈라질 것이다. 그건 실패의 신호가 아니다. 여전히 삶을 진지하게 살아가고 있다는 증거이다.

부디 기억해두길 바란다. 나를 방해한다고 느꼈던 마음 역시, 사실은 나를 지키려 애쓰던 마음이었다는 것을. 두 마음과 함께 살아가는 법을 배운다는 것은 모든 갈등을 지워내고 하나의 마음으로만 굳어진 사람이 되는 일이 아니다. 여러 마음을 품은 채로도 충분히 괜찮은 사람이 되어가는 과정이다.

그리고 그것이면, 정말로 충분하다.

후회는 나를 벌주기 위해 오는 게 아니다.
다음 선택을 더 단단하게 만들기 위해 찾아온다.

## 참고문헌

1 Deci, E. L., & Ryan, R. M. (2000). The "what" and "why" of goal pursuits: Human needs and the self-determination of behavior. *Psychological Inquiry, 11*(4), 227-268. https://doi.org/10.1207/S15327965PLI1104_01

2 Bowlby, J. (1969/1982). *Attachment and loss: Vol. 1. Attachment* (2nd ed.). Basic Books.

3 Kimble, M., Boxwala, M., Bean, W., Maletsky, K., Halper, J., Spollen, K., & Fleming, K. (2014). The impact of hypervigilance: Evidence for a forward feedback loop. *Journal of Anxiety Disorders, 28*(2), 241-245.

4 Chatterjee, S., Heath, T. B., Milberg, S. J., & France, K. R. (2000). The differential processing of price in gains and losses: The effects of frame and need for cognition. *Journal of Behavioral Decision Making, 13*(1), 61-75.

5 Sanfey, A. G., Rilling, J. K., Aronson, J. A., Nystrom, L. E., & Cohen, J. D. (2003). *The neural basis of economic decision-making in the Ultimatum Game. Science, 300*(5626), 1755-1758. https://doi.org/10.1126/science.1082976

6 Gabay, A. S., Radua, J., Kempton, M. J., & Mehta, M. A. (2014). The brain's response to unfairness in the Ultimatum Game: A meta-analysis of neuroimaging studies. *Neuroscience* & *Biobehavioral Reviews, 45*, 128-140. https://doi.org/10.1016/j.neubiorev.2014.05.013

7 Damasio, A. R. (2017). 데카르트의 오류: 감정, 이성, 그리고 인간의 뇌 (김병화 역). Putram. (원서출판 1994).

8 Bushman, B. J. (2002). Does venting anger feed or extinguish the flame? Catharsis, rumination, distraction, anger, and aggressive responding.

*Personality and Social Psychology Bulletin, 28*(6), 724-731.

**9**  Roese, N. J. (1997). Counterfactual thinking. *Psychological Bulletin, 121*(1), 133-148. https://doi.org/10.1037/0033-2909.121.1.133

**10**  Baumeister, R. F., & Leary, M. R. (1995). The need to belong: Desire for interpersonal attachments as a fundamental human motivation. *Psychological Bulletin, 117*(3), 497-529. https://doi.org/10.1037/0033-2909.117.3.497

**11**  Ryan, R. M., & Deci, E. L. (2000). Self-determination theory and the facilitation of intrinsic motivation, social development, and well-being. *American Psychologist, 55*(1), 68-78.

**12**  Weinstein, N., Nguyen, T.-v., & Hansen, H. (2023). With my self: Self-determination theory as a framework for understanding the role of solitude in personal growth. In R. M. Ryan (Ed.), *The Oxford handbook of self-determination theory* (pp. 402-422). Oxford University Press. https://doi.org/10.1093/oxfordhb/9780197600047.013.23

**13**  Kross, E., Verduyn, P., Demiralp, E., Park, J., Lee, D. S., Lin, N., Shablack, H., Jonides, J., & Ybarra, O. (2013). Facebook use predicts declines in subjective well-being in young adults. *PLOS ONE, 8*(8), e69841. https://doi.org/10.1371/journal.pone.0069841

**14**  Granovetter, M. S. (1973). The strength of weak ties. *American Journal of Sociology, 78*(6), 1360-1380. https://doi.org/10.1086/225469

**15**  Goode, W. J. (1960). A theory of role strain. *American Sociological Review, 25*(4), 483-496. https://doi.org/10.2307/2092933

**16**  Hochschild, A. R. (1983). *The managed heart: Commercialization of human feeling.* University of California Press.

**17**  Berger, C. R., & Calabrese, R. J. (1975). Some explorations in initial interaction and beyond: Toward a developmental theory of interpersonal communication. *Human Communication Research, 1*(2), 99-112. https://doi.org/10.1111/j.1468-2958.1975.tb00258.x

  나는 왜 결정이 두려운가

18 Granovetter, M. S. (1973). The strength of weak ties. *American Journal of Sociology, 78*(6), 1360-1380. https://doi.org/10.1086/225469

19 Baumeister, R. F., & Leary, M. R. (1995). The need to belong: Desire for interpersonal attachments as a fundamental human motivation. *Psychological Bulletin, 117*(3), 497-529. https://doi.org/10.1037/0033-2909.117.3.497
Ryan, R. M., & Deci, E. L. (2000). Self-determination theory and the facilitation of intrinsic motivation, social development, and well-being. *American Psychologist, 55*(1), 68-78.

20 Goode, W. J. (1960). A theory of role strain. *American Sociological Review, 25*(4), 483-496. https://doi.org/10.2307/2092933
Hochschild, A. R. (1983). *The managed heart: Commercialization of human feeling.* University of California Press.

21 Goode, W. J. (1960). A theory of role strain. *American Sociological Review, 25*(4), 483-496. https://doi.org/10.2307/2092933
Hochschild, A. R. (1983). *The managed heart: Commercialization of human feeling.* University of California Press.

22 Iyengar, S. S., & Lepper, M. R. (2000). When choice is demotivating: Can one desire too much of a good thing? *Journal of Personality and Social Psychology, 79*(6), 995-1006. https://doi.org/10.1037/0022-3514.79.6.995

23 Gilbert, D. T., & Wilson, T. D. (2007). Prospection: Experiencing the future. *Trends in Cognitive Sciences, 11*(5), 190-196.

24 Iyengar, S. S., Wells, R. E., & Schwartz, B. (2006). Doing better but feeling worse: Looking for the "best" job undermines satisfaction. *Psychological Science, 17*(2), 143-150. https://doi.org/10.1111/j.1467-9280.2006.01677.x

25 Wegner, D. M. (1987). Paradoxical effects of thought suppression. *Journal of Personality and Social Psychology, 53*(1), 5-13. https://doi.

org/10.1037/0022-3514.53.1.5

**26** Kahneman, D., & Tversky, A. (1984). Choices, values, and frames. *American Psychologist, 39*(4), 341–350. https://doi.org/10.1037/0003-066X.39.4.341

**27** Eisenberger, N. I., Lieberman, M. D., & Williams, K. D. (2003). Does rejection hurt? An fMRI study of social exclusion. *Science, 302*(5643), 290–292. https://doi.org/10.1126/science.1089134

**28** Jung, C. G. (1959). *Aion: Researches into the phenomenology of the self* (R. F. C. Hull, Trans.). Princeton University Press. (Original work published 1951)

**29** Ross, L. (1977). The intuitive psychologist and his shortcomings: Distortions in the attribution process. In L. Berkowitz (Ed.), *Advances in Experimental Social Psychology* (Vol. 10, pp. 173–220). Academic Press.

**30** Lythe, K. E., Moll, J., Gethin, J. A., Workman, C. I., Green, S., Lambon Ralph, M. A., Deakin, J. F., & Zahn, R. (2015). Self-blame-Selective Hyperconnectivity Between Anterior Temporal and Subgenual Cortices and Prediction of Recurrent Depressive Episodes. *JAMA psychiatry, 72*(11), 1119–1126. https://doi.org/10.1001/jamapsychiatry.2015.1813

**31** Neff, K. D. (2003). Self-compassion: An alternative conceptualization of a healthy attitude toward oneself. *Self and Identity, 2*(2), 85–101.

**32** Leary, M. R., Tate, E. B., Adams, C. E., Allen, A. B., & Hancock, J. (2007). Self-compassion and reactions to unpleasant self-relevant events: The implications of treating oneself kindly. *Journal of Personality and Social Psychology, 92*(5), 887–904.

**33** Breines, J. G., & Chen, S. (2012). Self-compassion increases self-improvement motivation. *Personality and Social Psychology Bulletin, 38*(9), 1133–1143.

**34** Neff, K. D., Kirkpatrick, K. L., & Rude, S. S. (2007). Self-compassion and adaptive psychological functioning. *Journal of Research in Personality,*

 나는 왜 결정이 두려운가

*41*(1), 139-154.

**35** Roese, N. J. (1997). Counterfactual thinking. *Psychological Bulletin,* *121*(1), 133-148.

**36** Nolen-Hoeksema, S. (1991). Responses to depression and their effects on the duration of depressive episodes. *Journal of Abnormal Psychology,* *100*(4), 569-582.

**37** Zeelenberg, M., & Pieters, R. (2007). A theory of regret regulation 1.0. *Journal of Consumer Psychology, 17*(1), 3-18.

# 나는 왜 결정이 두려운가

선택과 불안을 다루는 감각의 심리학

초판 1쇄 인쇄 2026년 4월 24일
초판 1쇄 발행 2026년 5월 4일

지은이 이동귀 손하림 정의정
발행인 손은진
개발책임 김문주
개발 김민정 정은경
제작 이성재 장병미
마케팅 김상민 김세빈
디자인 박은정

발행처 메가스터디(주)
출판등록 제2015-000159호
주소 서울시 서초구 효령로 304 국제전자센터 24층
대표전화 1661-5431 (내용 문의 02-6984-6892 / 구입 문의 02-6984-6868,9)
홈페이지 http://www.megastudybooks.com
출간제안/원고투고 메가스터디북스 홈페이지 〈투고 문의〉에 등록

ISBN 979-11-297-1794-8 (03810)



땡스B

'땡스B'는 메가스터디㈜의 인문 · 교양 전문 출판 브랜드입니다.
보통사람들의 성찰과 성장을 돕는 콘텐츠를 발굴하고 감각적으로 담아냅니다.